Gustav von Berneck

Der erste Raub an Deutschland

Historischer Roman. Zweiter Band

Gustav von Berneck

Der erste Raub an Deutschland
Historischer Roman. Zweiter Band

ISBN/EAN: 9783744720731

Hergestellt in Europa, USA, Kanada, Australien, Japan

Cover: Foto ©Andreas Hilbeck / pixelio.de

Weitere Bücher finden Sie auf **www.hansebooks.com**

Der

Erste Raub an Deutschland.

Der

Erste Raub an Deutschland.

Historischer Roman

von

Bernd von Guseck.

Zweiter Band.

Leipzig,
Hermann Costenoble.
1862.

Erstes Kapitel.

Ein grauer Herbsttag neigte sich zu Ende. Die
Wolken hingen tief und schwer in die Wipfel der
hochstämmigen Kiefern hinein, die in meilenweiter
Waldung, nur von einzelnen Moorstrecken unterbrochen, die flache, sandige Gegend bedeckten,
durch welche ein Reiterpaar mit steigender Ungeduld seinen Weg verfolgte. Herr und Diener —
der eine weit voraus, sein Pferd, das schon müde
wurde, immer zu neuem Trabe spornend, sobald
eine lichtere Stelle den Ausgang des endlosen
Waldes zu verkündigen schien und noch stets getäuscht, der andere verdrießlich hinterdrein — so
zogen sie schweigend dahin.

Aus den lichten und lachenden Thälern des

Frankenlandes in diese trostlose Einöde versetzt,
freilich nach einer langen Reise durch wechselvolle
Fluren, konnte der junge Reiter wohl etwas wie
Heimweh fühlen, auch wenn ihm keine andere Erinnerung süß gewesen wäre, als die an seine
Berge mit den felsgekrönten Stirnen und an die
Herrlichkeit ihrer weiten Fernsichten. Gleichwohl
war er nicht zum ersten Male hier. Wie kam es
nun, daß er bei erstem Hiersein sich so bald an
diese ernste und strenge Natur des Landes ge-
wöhnt, daß er die lieblichen Stellen, die auch sie
in eigenthümlicher Schöne enthält, zu finden und
zu schätzen gewußt hatte und heut Alles mit so
gehässigen Augen ansah? Er begriff nicht, wie er
sich in diesem Lande einst habe wohl fühlen können,
und nicht bei erster Gelegenheit entflohen sei, um
rastlos Tag und Nacht zu pilgern, bis er die
ferne Heimath wieder erreicht hätte. Zwar in
diese Gegend insbesondere war er nur ein einziges
Mal mit dem Fürsten, an dessen Hofe er diente,
bei Gelegenheit großer Jagden gekommen, denn
es war eine abgeschlossene kleine Herrschaft, inmitten fremder Besitzungen, ziemlich weit von dem
eigenen Hauptlande gelegen. Aber war es dort
anders, wie hier? Zog sich die Ebene mit ihren
sandigen Feldfluren und Nadelwäldern nicht in

gleicher Einförmigkeit Tage weit hin bis an den
Oderstrom, wo in der alten Slavenstadt der Fürst
sich seine neue Festung gebaut? Ja, hier bot doch
wenigstens das Volk in seiner bunten Tracht der
Frauen, mit seinen fremdartigen Sitten und Ge-
bräuchen noch einige Abwechselung dar, während
dort längst Alles deutsch oder — wie der junge
Franke sich verächtlich ausdrückte — märkisch geworden war. Er gelobte sich, sobald er den Auftrag, welcher ihn jetzt wieder hergeführt und
den er nicht wohl hatte ablehnen können, bestellt,
seine Briefe übergeben und Antwort erhalten habe,
keinen Augenblick zu säumen und dies Land auf
Niewiederkehr zu verlassen. Wenn er nur erst
sein Ziel erreicht hätte! Stolz hatte er den Boten
verschmäht, den ihm der Richter im letzten Dorfe
in seiner eigenen Person demüthig angeboten hatte,
und nun gab er schon der Befürchtung Raum,
als sich plötzlich überraschend der Wald vor ihm
aufthat und eine grüne Aue von wunderbarer
Frische und Ueppigkeit sich zeigte, in welcher er
nicht weit entfernt den stumpfen Thurm des
Städtchens und die hohen Mauern der auch
hier nach neuer Bauart angelegten Festung
erblickte. Fröhlich wandte er sich nach seinem
Knechte um und rief: „Das ist unser Ort.

Frisch vorwärts, daß wir noch eingelassen werden."

Die matten Pferde mußten den letzten Rest ihrer Kraft aufbieten, um noch vor dem Abendgeläut an das Thor zu gelangen, denn der Reiter entsann sich, wie streng von der ·Festungsguardia, welche hier stehend gehalten war, der Dienst auf Befehl ihres Soldherrn gehandhabt wurde. Am Thore war seine erste Frage an den Rottmeister, den er sich rufen ließ: „Ist der Markgraf noch hier?"

Sträflich sah der Rottmeister den fremden, etwas bunt gekleideten jungen Menschen an und erwiederte: „Seine Gnaden, der Herr Markgraf Johann, ist allerdings anwesend."

„So schicke flugs hinauf", befahl der Reiter, „laß Deinem Herrn melden, es sei ein Bote aus Franken angekommen von seinem fürstlichen Vetter, dem Markgrafen Albrecht dem Jüngern von Brandenburg=Culmbach, welcher einen Auftrag auszurichten und ein Schreiben zu übergeben habe."

Der Rottmeister gehorchte, durch diese Worte umgestimmt, und es währte nicht lange, so kam der Befehl zurück, den Boten aus Franken einzulassen und sogleich zum Markgrafen zu führen. Der Reiter wurde denn, nachdem er in die Feste

eingeritten und abgesessen war, unverzüglich, ohne
ihm Zeit zu gönnen, sich von der heutigen lan=
gen Tagereise zu säubern, hinauf in das kleine
Zimmer gebracht, wo ihn der Markgraf schon er=
wartete.

Einen raschen Blick warf der Angekommene
umher: Alles war noch so einfach und schmucklos,
ja, man konnte sagen, dürftig, wie sonst. Man
sah, daß ein sparsamer Herr hier gebot. Doch
genügte auch ein flüchtiger Blick auf diesen, um
sich zu überzeugen, daß nicht der niedrige Geiz
ein Beweggrund des Fürsten war, den Prunk in
seiner Umgebung zu verschmähen: in seinem klugen
Auge, auf seiner hohen Stirn, ließ sich wohl ein
Geist erkennen, der ein anderes und höheres Ziel
verfolgte, als den äußern Glanz. Der junge
Franke hatte nur kein Geschick und keine Men=
schenkenntniß, solche Beobachtungen zu machen.

Als ihn der Markgraf eintreten sah und beim
Schein der Kerzen, die bereits angezündet waren,
den Boten scharf angeschaut hatte, rief er: „Bist
Du's, Fritz? Hat Dich mein Vetter auserwählt,
oder hast Du Dich erboten?"

„Seine Gnaden hat mir die Ehre erzeigt, die
mit meinem Wunsche übereinstimmt," antwortete
der junge Mann.

Markgraf Johann lachte. „Du hast schon wie=
der sehr viel fränkische Höflichkeit gelernt," sagte
er, „machst Deinem Vater, dem Marschall, alle
Ehre. Bei uns ist man aufrichtiger, mitunter
gröber, aber immer ehrlich. Was bringst Du mir,
Fritz?"

Statt der Antwort überreichte nun Friedrich
von Streitberg das sorgfältig eingeschlagene Schrei=
ben, das ihm anvertraut worden war. Der Mark=
graf nahm es in Empfang und entließ den Ueber=
bringer, indem er einem der Diener, welche im
Vorzimmer warteten, befahl, denselben wohl zu
verpflegen. Dann setzte sich der Fürst auf einen
der ziemlich roh geschnitzten hölzernen Stühle,
wickelte das Schreiben aus der Hülle, zerschnitt
den seidenen Faden, welcher dasselbe umschloß, und
las mit aufmerksam gespannter Miene, was ihm
sein Vetter von Culmbach geantwortet hatte. An=
fangs schien es ihn zu befriedigen, denn seine
Stirn erheiterte sich und sein Auge blickte. leb=
hafter, bald aber verschwanden diese Zeichen wie=
der und das ernste Gesicht des Markgrafen nahm
eine unwillige Miene an.

„Er taugt nicht für uns!" rief er und warf
das Schreiben auf den Tisch. „Ich hab's ja im=
mer gesagt!" Er stand auf, aber er war nicht

gewohnt, in Selbstgesprächen seine Gedanken laut
werden zu lassen, der beste Beweis, daß auch in
der Mark Brandenburg nicht alle Menschen auf=
richtig Jedem, der sie hören will, ihre Meinung
sagen können. Das geht nun einmal nicht in
der Welt, am wenigsten in Sachen der Politik.

Markgraf Johann oder wie er gewöhnlich ge=
nannt wurde, Hans von Küstrin, hatte auch allen
Grund, vorsichtig zu sein. Der Kaiser wußte es
längst, daß in Deutschland sich ein Bund der Fürsten
gegen ihn vorbereite und daß Hans von Küstrin die
Seele und die treibende Kraft aller darauf zielenden
Verhandlungen war. Nicht die Macht, welche
dieser Fürst besaß, gab ihm in den Augen des
Kaisers eine Bedeutung, denn Johann war nur
der Bruder des Kurfürsten von Brandenburg, der
ihm einzig die Neumark und die bei der Krone
Böhmen zu Lehen gebenden Herrschaften über=
lassen hatte, es war vielmehr der Charakter dieses
Fürsten — Denn auf der Persönlichkeit beruht im
Staatsleben, wie im Kriege Alles: Einer macht
es, mögen die Leute auch noch so sehr von Gesammt=
meinungen, und Raths= oder Volksbeschlüssen re=
den. Einer führt, die Andern folgen: es ist nun
einmal nicht anders. Das wußte auch Kaiser
Karl der Fünfte recht gut, und wie er mit unge=

meinem Scharfblick die Persönlichkeiten zu erken=
nen verstand, hatte er bald den rechten Mann ge=
funden, an welchen er vor einiger Zeit seinen
Kämmerer Nicolaus von Könneritz mit der drohen=
den Frage geschickt, was all' die geheimen auf=
rührerischen Praktiken bedeuteten, die er sich, nebst
einigen anderen Fürsten, gegen ihn unterstanden?
er, der Kaiser, verlange eine klare und dürre
Antwort, wessen er sich von ihm zu versehen habe.
Markgraf Johann hatte sich darauf wegen dessen,
was man ihm mit Unrecht aufgebürdet, einiger=
maßen entschuldigt, aber er durfte nicht hoffen,
daß er den Kaiser beruhigt oder in seinem Vor=
schreiten zur unumschränkten Herrschaft auf einen
andern Weg gelenkt habe, denn der Gesandte hatte
unbedenklich erklärt: der Kaiser fordere Gehorsam,
wie in weltlichen, so in geistlichen Dingen. Die
Stunde der Entscheidung war denn gekommen;
was geschehen sollte, mußte rasch und dennoch
vorsichtig geschehen, damit der Fürstenbund mäch=
tig geschlossen und gerüstet dastehe, bevor der Kai=
ser noch über seinen Umfang unterrichtet sei.
Darum hatte der Markgraf auch schon geschrieben:
„Wer nicht mit an's Werk will, sage es nur frei
heraus, kurz und rund, denn es gilt nun nicht
mehr viel Prangens und Hofirens, sondern Ja

oder Nein." Und darauf wieder eine solche Ant=
wort! Entschieden, ja, aber nicht mit voller Hin=
gabe, sondern mit freier Hand!

Nachdem der Fürst eine Weile mit sich zu
Rathe gegangen war, öffnete er ein wohlverschlosse=
nes Fach des Schrankes, welcher am Fenster stand,
und zog ein anderes Schreiben hervor, welches er
dort sorglich verwahrt hatte. Es war mit kauf=
männischen Schriftzügen geschrieben und lautete
in gleichem Stile abgefaßt, wie folgt:

„Der Factor der bewußten Kaufmannschaft ist
sicher hier angekommen und begehrt von Euch auf's
förderlichste verständigt zu werden, wohin er sich
am besten und füglichsten begeben soll, damit es
nicht lautbar und offenbar werde, daß Herr Hil=
debrand seine Leute der Waare halber im Lande
habe, denn sollte solches vor den Dietrich gelan=
gen, würde er gewiß nichts Gutes daraus schöpfen.
Es möge daher ein Ort bestimmt werden, wo er
die Kaufherren sämmtlich und nicht einen inson=
derheit finden und seine Waare und Werbung an=
bringen. und zum förderlichsten verfügen möge,
denn er, wie berührt, ist nur bedacht, sein An=
bringen vor ihnen sämmtlich zu thun und sich
der Kaufmannschaft mit ihnen zu vergleichen.
Marburg am Tage Mariä Himmelfahrt Anno 1551."

So lautete wörtlich das geheimnißvolle Schreiben, das ohne Gefahr in fremde Hände fallen
konnte, da nur ein Eingeweihter den Sinn deffel-
ben richtig zu deuten vermochte. Den Markgrafen
schien es zuerst von Neuem zu beluftigen, wie so
gar schlau es abgefaßt war, aber er konnte sich
nicht abläugnen, daß der Wortlaut, wie sehr er
auch das ganze Vorhaben verblümen sollte für den
oben gedachten Fall, dennoch buchftäbliche Wahrheit aussprach: War es nicht ein Handel, eine
Waare und Werbung, welche deutsche Bundesge-
noffen mit diesem Fremden, der unter dem Namen
eines Kaufherrn Hildebrand eingeführt war, ab-
schließen wollten? Hatte nicht derselbe schon im
vergangenen Jahre, als zuerst mit ihm Verhandlungen angeknüpft worden waren, eine stattliche
Gegenverpflichtung und Zusage verlangt und gegen den Unterhändler wiederholt geäußert, daß er
von der Theilnahme am Geschäft etwas Stattliches zu haben verhoffe? Der Markgraf legte das
Schreiben wieder hin, kreuzte die Arme auf der
Brust und trat an das Fenster. Er schaute eine
Weile in die Dunkelheit hinaus, welche mittlerweile tief eingebrochen war. So dunkel lag auch
die Zukunft vor ihm, er wußte nicht, was sich
aus dem Fürstenbunde, der besonders sein Werk

war, für schwere Folgen entwickeln konnten, ob=
wohl er nur Abwehr, niemals Angriff beabsich=
tigt und diesen Gedanken stets entschieden ausge=
sprochen hatte. Das Wort aber, mit welchem er
auf dem „gebarnischten" Reichstage die Unter=
schrift des Interim verweigert: „Lieber Beil, als
Feder, lieber Blut, als Dinte", war nicht ver=
gessen worden und schien auf andere Absichten
zu deuten, als bloße Abwehr; ließ sich denn über=
haupt eine solche nur mit dem Schilde feindliche
Streiche auffangend denken, ohne selbst einmal
zum kräftigen Ausfall zu schreiten? Und der Bund
mit dem Fremden! In des Markgrafen Brust
regte sich das treue deutsche Herz und fing stär=
ker an zu schlagen — war es auch wohlgethan,
was zuerst vor drei Jahren Herzog Otto von Braun=
schweig angefangen hatte? Von diesem Fürsten war
der Gedanke ausgegangen, welcher dann von mehre=
ren Seiten eifrig gepflegt und verfolgt worden
war, und nur zu bereitwillig hatte der Fremde die
Hand, die man suchte, entgegen gestreckt! Galt
es diesem auch die Freiheit der deutschen Fürsten oder
gar der evangelischen Lehre, deren Bekenner er im
eigenen Lande grimmig verfolgte? Oder vielmehr,
wie er selbst sich ausgedrückt hatte, etwas Stattliches,
den ersten Raub an deutscher Erde?

Gleichsam um diesem Gedanken zu entfliehen, wandte sich der Markgraf schnell vom Fenster ab und ging wieder zu seinen Briefen, aus denen er einen dritten nahm, welcher zu dem ausweichenden seines Vetters und dem für ihn nur allzu verständlichen des verkappten Botschafters einen starken Gegensatz bildete. Er war vom Kurfürsten Moritz von Sachsen aus Chemnitz, acht Tage nach dem vorigen, geschrieben und drängte zur That.

„Ew. Liebden," hieß es unter Anderem darin, „kennen mich sonder Zweifel, daß mir der Schnabel nicht lang gewachsen ist. Träten jetzt noch Hindernisse und Sperrungen ein, so wird es uns Allen verderblich und schimpflich, wir werden vor den hohen Häuptern mit Lügen bestehen, Treu und Glauben verlieren und in Ewigkeit nie wieder eine so stattliche Hülfe zu hoffen haben, steckten wir auch im Bade bis über die Ohren. Darum halte Ew. Liebden mit Fleiß bei den Ihren an, daß kein fauler, ja unfürstlicher Possen gerissen werde, denn wir stecken so tief im Salz, als wir nur mögen, und steht uns nichts mehr als Erstechen und Verjagen darauf."

Diesem Ansinnen hatte der Markgraf mit seiner gewohnten Thätigkeit, die niemals einen Au-

genblick versäumte, entsprochen; er war in Meck=
lenburg gewesen, hatte sich mit den beiden Her=
zogen berathen, und besaß jetzt deren Vollmacht,
so wie des Lüneburgers und des Herzogs von
Preußen, seines Oheims, um auf dem endlich an=
beraumten Fürstentage, an welchem sie verhindert
waren Theil zu nehmen, mit den Uebrigen und
mit dem — Factor des Kaufherrn Hildebrand zu
unterhandeln. Kein Schritt war zurück zu thun,
aber der Markgraf beschloß auch, fest und unver=
brüchlich an seinem ursprünglichen Gedanken zu
halten und sich nicht weiter treiben zu lassen, als
es mit demselben verträglich war.

So gewann er wieder die Ruhe und war bei
der Abendtafel, zu welcher auch der junge frän=
kische Edelmann gezogen wurde, besonders heiter.
Mehrere der angesehensten Vasallen aus den bei=
den lausitzischen Herrschaften, welche schon seit
hundert Jahren durch Kauf an die Kurfürsten
von Brandenburg gekommen waren, hatten sich
bei der Anwesenheit des Markgrafen auf dem
Schlosse zu Peitz eingefunden, um ihm aufzuwar=
ten, auch wohl in eigenen Angelegenheiten. Die=
se saßen gleichfalls mit an der Tafel und es
ging laut genug her, auch wohl etwas roh, was
die Haltung und Redeweise der Herren betraf.

Fritz von Streitberg, der allerdings, wie der
Markgraf ihm schon bemerkt hatte, seit seiner
Heimkehr nach Franken feinerer Sitte gewohnt
war, fand nun doch Manches auffallend, das er
früher kaum beachtet hatte. Die plattdeutsche
Mundart der märkischen Begleiter Hansens von
Küstrin, der eigenthümliche Tonfall der lausitzer
Herren, erschien ihm so fremd, als befinde er sich
gar nicht mehr auf deutschem Boden. Wenn er's
recht bedachte, war das eigentlich auch der Fall.
Der Name dieser Landschaft und ihrer Orte,
das Volk auf den Dörfern, ein Theil des landsässigen Adels war slavisch — es war slavisches
Land, von den Deutschen erobert, wie die ganze
Lausitz und selbst die Mark Brandenburg. Ein
gelehrter Herr und Magister zu Küstrin hatte dem
jungen Franken zwar weitläufig auseinander gesetzt, urdeutsch sei all' dies Land und die Wenden nur Eindringlinge, die mit Recht später von
den Deutschen unterworfen und seitdem nur ge-
duldet worden, aber Fritz gab auf Gelehrsamkeit
nicht viel, sondern hielt sich an das, was er sehen und hören konnte. Hier draußen war er
nicht mehr im deutschen Reich, das stand ihm fest.
Auch konnte er im Laufe des Abends, als der
Wein die Gemüther erhitzte, mancherlei Reden

fallen hören, welche ihm bestätigten, daß man sich hier um Kaiser und Reich nicht viel kümmere. Anfangs besprach man ziemlich heftig einen Fall, welcher in der Lausitz unter dem Adel die größte Aufregung verbreitet hatte. Vor einigen Monaten war einer aus dem mächtigen, vielbegüterten Geschlecht der Biebersteins gestorben: Christoph von Bieberstein, der Sohn Hieronymus des Reichen, welcher die Herrschaft Sorau besessen hatte. Der Mann war kinderlos gestorben, aber seine Brüder lebten noch, deren einer die Herrschaft Muskau besaß, es gab außerdem noch den Vetter Melchior auf Forst und Pforten, die Biebersteine auf Beeskow und Storkow. Demungeachtet hatte der Römische König Ferdinand jetzt als König von Böhmen Oberlehnsherr — denn die ganze Lausitz ging seit der Luxemburger Zeit bei der Krone Böhmen zu Lehn — von seinem Rechte in umfassendster Weise Gebrauch gemacht und die schöne Herrschaft Sorau als erledigt eingezogen. „Was hindert den König,“ warf einer der Anwesenden auf, „auch unsere beiden Herrschaften, falls es dem gnädigen Herrn Markgrafen nicht belieben sollte, sich zu vermählen und einen Lehnserben zu erzielen, nach seinem Gott gebe späten Hintritt auch einzuziehen und so dem Hause Hohenzollern zu nehmen?“

„Laß mich noch leben, Veit Muschwiß!" er=
wiederte der Markgraf lachend und lenkte das Ge=
spräch auf andere Dinge. Es fiel aber bald auf
ein anderes, nicht minder dorniges Thema. Der
Adel in Sachsen hatte im vergangenen Jahre schon
dem Interim den heftigsten Widerstand entgegen
gesetzt und dem Kurfürsten, falls er es einführen
wolle, gedroht, ihm Dienst und Pflicht aufzukün=
digen und ihn nicht mehr als Landesfürsten an=
zuerkennen. Es war viel, daß man an einer Für=
stentafel davon reden konnte, aber die Gäste wa=
ren ja von der Festigkeit des Markgrafen in Glau=
benssachen überzeugt und — sie ahnten nicht, was
er über die wahre Bedeutung jener Drohung und
seinen staatsklugen Nachbar von Sachsen wußte,
daß dieser sie nämlich gern gesehen, um sich gegen
des Kaisers Drängen zu decken. Ob ihm dennoch
das Gespräch mißfiel? Er hob plötzlich die Ta=
fel auf. Inmitten der durstigen Gesellschaft,
welche im Trinken kein Maaß und kein Ziel hielt,
war Er allein kalt und besonnen geblieben, es war
dies bei all' seiner rastlosen Thätigkeit ein
Grundzug seines Charakters, im Gegensatze
zu seinem Glanz und Lebensgenuß liebenden,
von der Phantasie und leicht erregtem Blute
nur zu sehr beherrschten Bruder, dem Kur=

-fürsten Joachim, genannt Hector, von Brandenburg.

Die Gäste wurden entlassen; lächelnd betrachtete der Fürst den jungen Franken, welcher sich
mühte, vor ihm zu verbergen, daß er eben noch
zu jung war, um es mit diesen weinfesten alten
Märkern und Lausitzern aufzunehmen. „Morgen
werde ich Dir auf Deine Botschaft Bescheid geben," sagte Markgraf Johann freundlich zu ihm.

Der Morgen kam und Fritz von Streitberg
hoffte mit einem Antwortschreiben entlassen zu
werden. Dem war aber nicht so. Der Markgraf,
der ihn hatte rufen lassen, erklärte ihm, daß er
noch nicht im Stande sei, auf das Schreiben seines Herrn Vetters zu antworten, weil er dazu
noch Manches abwarten müsse, wovon die Antwort abhängig sei; er könne ihn darum auch nicht
entlassen, sondern lade ihn ein, auf einer weitern
Fahrt, welche er morgen anzutreten gedenke, ihn
zu begleiten. Von dort werde er ihm erst den
rechten Bescheid mitgeben können.

Friedrich war bei dieser unerwarteten Eröffnung roth geworden, was der Fürst scheinbar nicht
bemerkte; er mußte sich fügen, denn sein Herr
hatte ihm auf der Plassenburg, wohin er ihn be-
rufen und mit der Sendung beauftragt hatte,

ausdrücklich eingeschärft, nicht ohne Antwort zu=
rückzukehren. Sich für den Tag selbst überlassen,
wurde ihm, obgleich er unter den Begleitern des
Markgrafen ein Paar frühere Bekannte gefunden,
die Zeit sehr lang. Am liebsten wäre er hinaus=
gestreift in die nächste Umgebung des Städtchens,
um seiner · leidenschaftlichen Neigung zur Jagd
nachzugehen; auch erinnerte er sich, daß er vor
zwei Jahren hier die Bemerkung gemacht, wie
viel hübscher die Landmädchen dieses Volkes seien,
als die im Fichtelgebirge und in den Thälern seines
heimathlichen Hochlandes — aber durfte er jetzt
noch dergleichen leichtfertige Gedanken haben, da
sein Sinn auf eine edle Verbindung gerichtet stand
und sein Vater vielleicht zu dieser Stunde schon
für ihn das Jawort erhalten, welches der alte
strenge Herr Balthasar der ungeschickten Für=
sprache Junker Sebald's verweigert hatte? Fritz
Streitberg entschlug sich also jedes Gedankens an
die hübschen Mädchen dieses Landes, die ihm
einst, als er deren eine stattliche Zahl bei Gele=
genheit eines Hochzeitaufzuges gesehen, der dem
Markgrafen vorgeführt worden, das Blut warm
gemacht hatten. Er dachte vielmehr an das Tanz=
fest in Bayreuth, wo er Agnes Rabenstein zuerst
gesehen, er erinnerte sich jedes Wortes, das sie

mit ihm gesprochen hatte — es waren nicht viele
gewesen und doch glaubte er aus ihnen die Hoffnung geschöpft zu haben, welche ihn noch immer
so glücklich machte. Auf den Wällen der Festung
spazierte Streitberg beim sinkenden Abende wohl
eine Stunde allein und schaute hin über die grüne,
fruchtbare Niederung zu dem Kranze der dunklen
Nadelwälder, den sie durchschneidet; dorther war
er gekommen, über manchen Berg, über manchen
Fluß, seit er von seinem sonnigen, schönen Thale,
wo die Streitburg und Neideck auf die rasche
Wiesent niederschauen, ausgeritten war. Wohin sollte
die morgende Reise im Gefolge des Fürsten gehen?

Am frühen Tage brach Markgraf Johann auf.
Er entließ die lausitzer Herren mit gnädigen Worten; war er auch nicht jedem Anliegen, das ihm
vorgetragen worden, zugänglich gewesen, so konnten sie ihm doch nicht die Anerkennung versagen,
daß er gerecht sei. Auch sein märkisches Gefolge
wurde zum Theil zurückgeschickt, nur Wenige durften ihn begleiten, auch die Dienerschaft war
auf das geringste Maaß beschränkt. So ritt der
kleine Trupp aus Peitz und verschwand bald den
Blicken der Nachschauenden; Niemand wußte, wohin die Reise ging, nur an der Richtung konnte
man wahrnehmen: vorerst nach Sachsen!

Für den jungen Franken war dabei wenig
Freude. Er folgte eben nur und hatte mit den
andern Genossen des Zuges, unter denen kein ein=
ziger seiner frühern Bekannten war, keine rechte
Gemeinschaft; der Markgraf, der mit einem sei=
ner vertrauten Räthe immer an der Spitze, ziem=
lich weit voraus, ritt, kümmerte sich nicht weiter
um ihn, und erst, als sie zum Mittag Rast in ei=
nem kleinen Städtchen machten, schien er sich des
fränkischen Begleiters zu erinnern. — „Nun,
Fritz," sagte er zu ihm, als er sein ansichtig wurde,
„ich denke, in drei oder vier Tagen wirst Du
nach Hause reiten können." Das war eine lange
Vertröstung. Nachmittag wurde der Ritt fortge=
setzt, immer durch die gleiche flache Gegend, deren
einförmige Kiefernwälder selten durch ein lustiges
Laubgehölz und angebaute Feldfluren mit Dörfern
unterbrochen wurden. Gegen Abend gelangte der
Zug endlich in eine freiere Landschaft, rechts her
blickten die gedrängten Häuser eines Städtchens,
überragt von dem Doppelthurm der Kirche, doch
wandte der Fürst sein Roß nicht dorthin, sondern
einem Damme zu, der zwischen großen Teichen
einem neuen Walde zuzuführen schien. Das war
aber nicht der Fall, es zeigte sich, daß die uralten
Bäume, welche sich hier wölbten, regelmäßig

gepflanzt waren, sie bildeten einen vierfachen Laub=
gang, der sich bald vor dem Thore eines alter=
thümlichen Gebäudes endigte, aus dessen geschlos=
senem Viereck von Morgen her der gothische
Thurm einer Kirche blißte. Es war das ehema=
lige Cisterzienser Kloster Dobrilugk, berühmt einst
im Mittelalter, aber auch wegen seiner grauen=
haften Einöde gefürchtet und als letzte Zuflucht
der Verzweiflung von Walter von der Vogel=
weide, dem Minnedichter, genannt. Die Mönche
hatten es, als die Reformation sich auch hierher
verbreitete, verlassen und König Ferdinand das
Kloster bis auf etwaige Wiedereinführung von
Ordensbrüdern einstweilen eingezogen. Diese er=
folgte jedoch nicht und später ist hier unter säch=
sischer Hoheit ein fürstliches Schloß und ein Städt=
chen entstanden, von welchem damals noch keine
Spur zu sehen, obgleich ringsum im Lande in
den dreihundert Jahren, seit Walter von der Vo=
gelweide gesungen, daß er lieber, statt in solcher
Qual zu leben, ein Mönch zu „Toberlu" werden
wollte, des Menschen Hand und zwar Deutscher
Fleiß die Einöde gelichtet und angebaut hatte.
Ein Amtmann war in dem Kloster eingesetzt, wel=
cher dessen reiche Einkünfte verwaltete, und Mark=
graf Johann, der ihn kannte, fand dort mit seinem

Gefolge die gaſtlichſte Aufnahme für die Nacht.
Er zog dies einſame Kloſter dazu vor, weil er,
ſo viel es möglich, alles Aufſehen vermeiden
wollte. Der Amtmann richtete aus den Vorrä=
then, die ſich unter ſeiner Verwaltung wieder an=
gehäuft hatten, ein ſtattliches Mahl her und
würzte die Unterhaltung dabei durch viele alte
Sagen aus der Gegend, wobei ſich die Waldmär=
chen der Slaven vielfach mit chriſtlichen Legenden
miſchten. Im Grundſtein der Kirche, als ihn die
erſten Glaubensboten hier gelegt, ſo erzählte der
Amtmann nach einer Tradition, die ſich von Ge=
ſchlecht zu Geſchlecht vererbt hatte, ſei ein heidni=
ſches Götzenbild eingemauert — dadurch habe der
Sieg des Kreuzes, das über demſelben aufgerich=
tet worden, den blinden Götzendienern recht begreif=
lich gemacht werden ſollen. Die Sage iſt in ſpä=
terer Zeit, als der eifernde Zelotismus Alles, was
an die alte Symbolik des Glaubens erinnerte, zu
beſeitigen ſtrebte, vergeſſen worden, und erſt in
unſern Tagen hat ſich bei einer nöthig gewordenen
Abtragung des alten Gemäuers das uralte wen=
diſche Götzenbild wirklich gefunden, von welchem
der Amtmann Balthaſar von Arras an jenem Abende,
da er den Markgrafen Hans von Küſtrin bewirthet,
noch wie von einem Schreckniß ſprach, weil ſich

die Teufelskraft doch noch zuweilen im Schooß
der Erde rege und den frommen Brüdern, welche
bisher das Kloster bewohnt, viele Prüfungen be-
reitet habe, und auch jetzt noch von sich hören
lasse.

Die Zuhörer waren etwas still geworden und
das Nachtlager an einem Orte, in dessen tiefstem
Verließ ein so schlimmer Zauber gefangen war,
erschien Manchem jetzt so unheimlich, als solle er
sich über einem Pulverfasse betten. Auch der junge
Franke mochte sich diesem Eindrucke hingegeben
haben, denn der Markgraf sagte lächelnd zu ihm:
„Stelle Dein Schwert an die Bettsponde, Fritz,
damit Du dem Spuk widerstehen kannst, wenn er
Dich in der Nacht heimsucht. Oder glaubt ihr
vom Fichtelberg an keine bösen Geister?"

„Wir sind gute Christen, gnädiger Herr", erwiederte Streitberg.

„Deshalb giebt es bei euch keine bösen Geister, meinst Du? — Trachte dem nach, Balthasar!" wandte er sich an den Amtmann. „Du
mußt ein verzweifelt schlimmer Vogel sein, daß
Dir der Teufelsspuk keine Ruhe läßt."

„Ich meine das nicht, gnädiger Herr", sagte
Streitberg, als er den verdrießlichen Blick des
Amtmanns sah. „Daß es bei uns auch einen

bösen Spuk giebt, habe ich auf der Plassenburg
erfahren, als ich zuletzt dort war."

, „Wie so?" fragte der Markgraf aufmerksam.

Friedrich von Strettberg erzählte, was er dort
von der Erscheinung der weißen Frau gehört
hatte. Der nächtliche Vorfall war trotz des Ver-
bots, davon zu sprechen, nicht geheim geblieben,
besonders weil der alte Hellebardier den Vorwurf, daß er sich vor dem Mondscheine gefürchtet, nicht auf sich sitzen lassen wollte. Fritz
hatte ihn selbst zur Rede gestellt und von ihm
die ganze Erscheinung so ausführlich schildern
hören, daß ihm noch jetzt, da er sie erzählte, die Thränen des Grauens in die Augen traten. Hier war
keine Sage mehr, hier war volle Wirklichkeit, wie
die Zuhörer meinten, und sie verfehlte ihren Eindruck auf keinen derselben. Nur bei dem Markgrafen schien sie keinen Glauben zu finden, sein
Gesicht blieb ruhig, und als Friedrich geendigt
hatte, fragte er gelassen: „Was hat mein Vetter
Albrecht dazu gesagt?"

„Mein Herr hat mit mir nicht davon gesprochen", erwiederte Fritz. „Er soll aber die
Sache nicht geglaubt haben."

„Nun so wollen wir uns auch darüber beruhigen, bis Einer von uns einmal einen Geist

sieht, ihr Herren", sagte der Markgraf, indem er
sich im Kreise umschaute. „Jeder erzählt das
von Andern, Niemand von sich selbst. Wir wollen
deshalb ruhig schlafen gehen, unser morgender
Ritt ist weit."

Zweites Kapitel.

———

Unweit Mühlberg, jenseit der Haide, auf welcher des Kaisers Heer vor drei Jahren den Sieg über die letzten Truppen des Schmalkaldischen Bundes davon getragen hatte, lag das kurfürstliche Jagdschloß Lochau, nach dem jene Haide genannt wurde. Wald rings umher, so daß, wer ihm nahte, das alte Gemäuer erst in geringer Entfernung zu Gesicht bekam. Es hatte noch immer ein stattliches Ansehen, aber bei näherer Betrachtung konnte man doch wahrnehmen, daß es bereits sehr verfallen war, und in der That hatte schon vor hundert und einigen vierzig Jahren der Einsturz eines Thurmes dem damaligen Kurfürsten Rudolf dem Dritten von Sachsen seine beiden einzigen Söhne, mit deren Präceptor und sechs Edelknaben erschlagen. Der Kurhut war dann auf einen jüngern Bruder jenes Kurfürsten über= gegangen, mit welchem das alte ascanische Ge= schlecht ausstarb, wie es hundert Jahr früher schon in Brandenburg erloschen war. Vergebens hatte die letzte Linie des ruhmreichen Hauses, welche in dessen Stammlanden zu Anhalt regierte und noch bis auf unsere Tage blüht, Ansprüche auf das Kurfürstenthum Sachsen gemacht. Kaiser Sigismund hatte es dem Markgrafen von Meißen gegeben, wodurch das Haus Wettin in Sachsen zur Herrschaft gelangt war. Jenes Jagdschloß, in welchem die traurige Begebenheit sich zugetragen hatte, ist jetzt verschwunden: die Gemahlin eines der Fürsten, welche sich dort im September des Jahres 1551 heimlich versammelten, um ihre Pläne zu berathen und festzustellen, hat es später wegen seiner Baufälligkeit abgetragen und ein an= deres mit Thürmen und Erkern dort errichten lassen, das von ihr den Namen Annaburg erhal= ten hat und noch jetzt steht — gegenwärtig zu einem Waisenhause für Soldatenknaben bestimmt.

Der Wald öffnete sich vor dem kleinen Zuge des Markgrafen Johann, und wie das Schloß sich zeigte, erblickte er fast gleichzeitig einen Reiter, der, von wenigen Dienern gefolgt, ihm entgegen gesprengt kam. Er erkannte ihn auf den ersten Blick und setzte sein Pferd auch in Galopp, denn es war sein fürstlicher Wirth, der ihn zu begrüßen kam: Kurfürst Moritz von Sachsen. Beide bewillkommten sich aufrichtig und ritten dann neben einander dem Schlosse zu, während ihr Gefolge sich mischte und weiter zurück blieb.

„Du bist schnell wie immer!" sagte Moritz von Sachsen. „Ich glaubte Dich erst eine Stunde von hier zu treffen, darum habe ich mich so früh zu Pferde gesetzt. — „Wird Dein Vetter kommen?"

„Er theilt unsere Ansichten, er wird zu uns stehen, wenn es gilt, aber er will sich nicht binden —"

„Ich kenne meinen Kriegskumpan!" erwiederte der Kurfürst lächelnd. „Jeder Zwang, auch den er sich selbst auferlegen soll, ist ihm verhaßt — er liebt freien Waffenruhm. Ich denke aber, nach Allem, was ihm vom Kaiser widerfahren ist, daß er sich zu uns schlagen wird, und vielleicht kann er uns als freier Fürst noch mehr Dienste leisten, als wenn er sich allen Beschlüssen des Bundes fügen müßte."

„Du hältst Dir gern sichere Brücklein für alle Fälle!" bemerkte Johann von Küstrin.

„Brücklein für den Ausfall so gut, wie für den Rückzug —" erwiederte der Kurfürst.

„Sind Alle schon hier?" fragte der Markgraf.

„Mein Bruder August ist angekommen und ein Paar Abgeordnete der Landgrafen von Hessen: Wilhelm von Schachten und Simon Bing", antwortete Moritz. „Der Mecklenburger kommt morgen."

„Nun — und? Die Hauptperson?" fragte Hans von Küstrin.

„Versteht sich! Den hab' ich in Leipzig so lange auf der Pleißenburg im Dunkel gehalten, nun ist er hier. Das ist eine geschwinde Katze, der wird Dir mit seinen Argumenten wohl gefallen."

Eine Weile ritten nun Beide schweigend neben einander, und die klugen Augen des Markgrafen, schweiften über die Gegend. „Warum hast Du gerade Lochau zum Ort unserer Zusammenkunft vorgeschlagen?" fragte er dann.

„Gefällt's Dir nicht? Ich meine, es sei gar passend", entgegnete der Kurfürst.

„Das wohl, aber für Dich! Denkst Du nicht

daran, wie Du hier für den Kaiser gestritten
hast? Und nun!"

„Also bringt es die Zeit," erwiederte der Kur=
fürst kalt. „Ich stritt für den Kaiser, selbst gegen
meine nächsten Blutsverwandten, weil das Recht
nicht auf ihrer Seite war, aus gleicher Ursache
werde ich gegen den Kaiser kämpfen, wenn es
Noth thut."

„Das würde jetzt und nimmer Noth sein,"
versetzte der Markgraf, „wenn Du damals das
Schwert in der Scheide gelassen hättest. Dann
wäre es statt zum Kriege zu einem billigen Ver=
gleich gekommen — freilich hättest Du heut den
Kurhut nicht, aber ich denke von Dir zu hoch,
um Dich eines falschen Beweggrundes zu zei=
hen —"

Moritz von Sachsen blickte stolz nach ihm zur
Seite. „Es ist mir lieb, daß Du das sagst,"
erwiederte er.

Sie waren an das Schloß gekommen, aus
welchem nun auch Herzog August, der Bruder des
Kurfürsten, ihnen entgegen kam; mehrere andere
Herren folgten, unter ihnen ein fein, aber nicht
adelig gekleideter Mann, welchen Johann von
Küstrin sogleich in's Auge faßte. Das konnte
kein Anderer sein, als der bewußte Factor, der

von „Herrn Hildebrand gesandt seine Waare und
Werbung förderlichst anbringen wollte." Bei der
Begrüßung wurde er darüber aller Zweifel ent-
hoben. Die Fürsten, nachdem sie abgesessen waren, trennten sich nun von ihren Begleitern, welche
im Schlosse und in den nächstliegenden Gebäuden
untergebracht wurden. Fritz von Streitberg fühlte
sich in der fremden Gesellschaft, welche nur aus
älteren Männern bestand, im höchsten Grade un-
behaglich und sehnte den Augenblick herbei, wo
er wieder mit seinem eigenen Diener gen Mittag
würde abziehen können. Dieser Moment ver-
zögerte sich jedoch, da einer der Hauptteilnehmer
der Versammlung noch fehlte und es festgesetzt
war, daß nicht früher, als bis alle Bundesgenossen entweder in Person oder durch Bevoll-
mächtigte vertreten, zugegen sein würden, irgend
eine Berathung stattfinden sollte.

Herzog Johann Albrecht von Mecklenburg
konnte es besonders verlangen, daß auf ihn gewartet werde. Nächst dem Markgrafen Hans war
er der Thätigste gewesen, den Bund zu Stande
zu bringen und zu vergrößern; er hatte bei den
Seestädten, bei dem Könige von Dänemark, wie
bei dem Herzoge Philipp von Pommern dazu ge-
wirkt, wenn auch bis jetzt noch nicht mit Erfolg;

dagegen hatte er sich verpflichtet, eine ansehnliche
Macht zu dem aufzustellenden Bundesheere stoßen
zu lassen, und vor allen Dingen, er gehörte zu
den drei Fürsten, welche den ersten Grund zu dem
Fürstenbunde gelegt. Trotzdem wäre die Versu=
chung zu berathen, wo Aller Herzen so voll waren,
doch wohl zu groß gewesen, darum war es ein
Glück, daß der Mecklenburger früher ankam, als
man ihn erwartet hatte. So konnten die Fürsten
denn am folgenden Tage zeitig zu ihrer wichtigen
Verhandlung zusammentreten.

Im großen Saale des Schlosses, welcher mit
Hirschgeweihen und andern Trophäen der Jagd
reichlich geschmückt war, saßen die Herren in ihren
fürstlichen Gewändern; auch die Abgeordneten der
Landgrafen von Hessen hatten sich würdig der
Ehre, die ihnen widerfuhr, gekleidet, nur der an=
gebliche Factor, welcher sich streng an die im
deutschen Reich erlassene Kleiderordnung gehalten,
welche den Kaufherren Sammet, Damast, Atlas
und Seide, als Vorrechte des Adels, verbot, ebenso
allen Schmuck von Gold, Silber und Perlen,
wie er damals nur zu verschwenderisch getragen
wurde. Solches Uebermaaß der Pracht sah man
nun zwar bei der Versammlung zu Lochau nicht,
die deutschen Fürsten, welche sich der lutherischen

Lehre angeschlossen hatten, waren auch in ihrem
Aeußern einfacher geworden, spanische Tracht
herrschte wohl vor, aber sie war meist dunkel,
nicht in den prangenden Farben, welche der Süden liebt. Dennoch bildete der fremde Factor in
seinem Rocke von schwarzem Kamelot und den nur
wenig geschlitzten Unterkleidern einen auffallenden
Gegensatz zu den vornehmen Herren, und wer
nicht eingeweiht war, hätte sich wundern können,
wie er in ihre Gesellschaft kam. Es war aber
Niemand hier, der nicht gewußt hätte, daß der
verkleidete Kaufmann kein Anderer war als Jean
de Fresse, Bischof von Bayonne, und daß er hier
tagte als Abgeordneter Seiner Allerchristlichsten
Majestät, König Heinrichs des Zweiten von Frankreich.

Nachdem der Kurfürst von Sachsen als Haus-
herr seine fürstlichen Gäste und die Vertreter der
abwesenden Bundesgenossen willkommen geheißen
und den Zweck der Versammlung in kurzen und
treffenden Worten dargestellt hatte, hielt Markgraf Johann einen längern Vortrag, in welchem
er die Lage der Dinge im Reich und die Gefahren schilderte, von welchen die Freiheit der
Fürsten von der unumschränkten Macht des Kaisers, der außer Deutschland noch über so gewal-

tige Reiche in Spanien, Niederland, Italien,
Burgund und dem fernen Indien gebiete, nicht
minder aber die Glaubensfreiheit durch das In=
terim, welches selbst Katholiken eifrig von sich
fern zu halten suchten, bedroht sei. Er sprach
unbeirrt durch die Gegenwart des Kurfürsten Mo=
ritz, welcher dem Kaiser in unmittelbarer Nähe
dieses Schlosses einst zum entscheidenden Siege
verholfen hatte, von der Niederwerfung des schmal=
kaldischen Bundes, von der Gefangennehmung
und Absetzung des vorigen Kurfürsten von Sach=
sen älterer oder ernestinischer Linie, von der Ver=
haftung des zweiten Hauptes der Schmalkaldener,
des Landgrafen Philipp von Hessen, welcher sich
freiwillig zu Halle gestellt und gleichwohl durch wel=
sche Hinterlist, welche der Verwahrung nicht zu
einigem Gefängniß zu kommen, die Deutung
nicht zu ewigem Gefängniß gegeben, verhaftet,
ja zum Tode verurtheilt worden sei, und vom
Herzog Alba auch wohl zum Tode geführt wor=
den wäre, wenn nicht das Haus Brandenburg
kräftigen Einspruch gethan, wie doch Allen gewiß
bekannt sei, daß sein, des Markgrafen Bruder,
Kurfürst Joachim voll Zorn über dies Verfahren
wider einen deutschen Fürsten das Schwert gegen
den Hispanier gezückt. Dann stellte er dar, wie

die beiden Fürsten noch immer in harter Gefan=
genschaft gehalten und vom Kaiser von Land zu
Land geschleppt würden, wie viele edle und hoch=
berühmte Kriegsmänner, weil sie gegen den Kaiser
in Waffen gestanden, geächtet und in die Fremde
getrieben worden, so der tapfere Sebastian Schärt=
lin von Burtenbach, der Rheingraf Johann Phi=
lipp, Hans von Heideck, Friedrich von Reifenberg
und Andere; wie ferner das Interim mit Gewalt,
wo es irgend möglich durchgesetzt und mancher
deutschen Stadt durch die Spanier blutige Ge=
walt angethan worden, endlich wie freies Wort
und christliche Lehre fortan nicht mehr gedruckt
werden dürfe, ohne daß ein Buch durch die geist=
liche oder weltliche Obrigkeit vorher besichtigt,
approbiret und zugelassen worden sei.

„So sind wir denn allhier versammelt," schloß
er, „um zu berathen, wie wir einmüthig zusam=
menstehen wollen, um solches Unglück von der
deutschen Nation abzuwenden, nicht zum Angriff
sondern allein zur Abwehr, damit uns dereinst
kein Vorwurf gemacht werde. Zuerst wollen wir
unsere Heeresrüstung in Betracht ziehen, wie
hoch aufkommen können, dann wollen wir an=
schlagen, mit welcher Macht wir etwa zu streiten
haben werden, welcher Kriegsplan gegen einen

Angriff der beste sein möchte, und endlich, welche Bedingungen wir für einen dauerhaften Frieden stellen müssen."

Ein Punkt in der Rede war es, der manchem Anwesenden Bedenken erregte: daß nämlich der Markgraf fest auf der Annahme bestand, der Bund solle sich auf die Vertheidigung beschränken, nie= mals zum Angriff schreiten und dadurch den Geg= nern den ersten Vortheil abgewinnen. Doch äu= ßerte sich noch Niemand darüber, bis die andern Punkte, über welche man sich leichter einigen konnte, erledigt sein würden. Dahin gehörte zuerst die Heeresrüstung. Hier erkannte man die Thätigkeit des Markgrafen und seine kriegerische Einsicht von allen Seiten ehrend an. Er legte die er= neute Zusage des Herzogs von Preußen vor, 800 Pferde zu stellen, er gab die lange Reihe von Rittmeistern und Hauptleuten an, mit welchen er für den Dienst des Bundes zu größern oder klei= nern Rotten unterhandelt hatte*), und berechnete danach und auf Grund der Verpflichtungsbriefe,

---

*) Es waren dabei die bekanntesten Namen des märki=
schen Adels, auch viele Pommern: Hans zu Putlitz, Reimer
von Winterfeld, Henning von Lützow, Andreas von Below,
Bernhard von Bülow, Matthias von Jagow, Dietrich von
Schleinitz, Matthias von Borcke, Kurt von Burgsdorff, Joa=
chim von Wedell, Christoph von der Marwitz u. A.

welche für jeden der fürstlichen Bundesgenossen
schon die zu leistende Hülfe festgestellt hatten, die
Gesammtmacht ziemlich genau. Dann wandte er
sich an den Bischof von Bayonne mit der Frage,
welcher Stärke man sich von der Krone Frankreich
zu versehen habe.

„Mein Herr, der König,“ erwiederte der Bischof, „muß sich erst überzeugen, daß es den Fürsten Ernst mit der Sache ist, dann will er sich
mit Hülfe und Rath, mit Geld und Kriegsvolk
betheiligen, dann sollen die Herren auch finden,
daß er es treu mit ihnen meint.“

„Ernst werden wir noch heut machen!“ versetzte Moritz von Sachsen. „Wir werden uns
nicht trennen, bis alle Punkte aufgesetzt, unterschrieben und besiegelt sind. Auf wieviel können
wir dann von der Krone Frankreich rechnen?“

Der Bischof nahm keinen Anstand, zu erklären, daß der König für diesen Fall nicht allein
mit einem Heere von wenigstens 15,000 Mann
erscheinen, sondern dasselbe noch durch die Ordon-
nanz-Compagnien der Ritterschaft und den Ar-
rièreban des landsässigen Adels verstärken werde,
wodurch sich die Streitmacht leicht verdoppeln könne.

Da strahlten die Augen der Versammelten in
Siegeszuversicht, und es war vielleicht nur Einer

unter ihnen, welchem diese fremde Hülfsmacht, in
solcher Stärke auf deutschen Boden gerufen, ge=
fährlich schien. Doch durfte er seinen Gedanken
jetzt keine Worte geben. Die Rede kam nun auf
die Truppen, welche Kurfürst Moritz noch im
Dienste des Kaisers vor Magdeburg stehen hatte.
Man war der Meinung gewesen, daß er dem Kai=
ser den Dienst aufkündigen müsse, es hatten dar=
über Verhandlungen mit ihm stattgefunden, da
er aber geltend gemacht, daß wenn er jenen
Schritt thun wolle, der Kaiser sofort diese Trup=
pen an sich ziehen werde, daß es also besser sei,
einstweilen noch Zeit zu gewinnen, so war man
davon abgekommen. Jetzt, da man sich schon ins=
geheim mit Magdeburg verständigt hatte, konnte
man mit Sicherheit darauf rechnen, diese unter
den Fahnen stehende Streitmacht sofort verwenden
zu können. Magdeburg, welchem der Kurfürst
von Sachsen alle seine Rechte und Freiheiten zu=
zusichern gelobt, sollte für den Bund ein Stütz=
punkt aller Unternehmungen und im Unglücksfalle
eine offene Zuflucht werden. Schließlich wurde
der übrigen deutschen Fürsten und Reichsstände ge=
dacht, welche man noch für den Bund zu gewin=
nen hoffte, und man bedauerte dabei nur, daß
Markgraf Albrecht von Brandenburg=Culmbach,

der Freund und Kriegsgenoß des Kurfürsten von
Sachsen, keine unbedingte Zusage gegeben hatte.

„Wenn es zur That kommt, wird er uns nicht
fehlen!" sagte Moriz. „Sein feuriger Geist will
aber Thaten. Mit dem bloßen Zuwarten, wenn
man über mehr denn zwanzigtausend Mann Fuß-
volk und zehntausend Reiter von deutschen Truppen, ohne den zu verhoffenden Zuzug unsers königlichen Gönners, zu gebieten hat, wird sich Albrecht niemals befreunden. Wir müssen zuschlagen,
so bald als möglich."

„In den Verträgen zu Dresden und Torgau
ist nur die Defensive beschlossen," erwiederte Markgraf Johann. „Ich muß dabei stehen bleiben."
Er setzte mit Nachdruck die Vortheile auseinander,
welche ein solches Verhalten auch vor Gott und
der ganzen Nation haben werde, und erklärte sehr
entschieden, daß nur von einem Defensivbündniß
die Rede sein könne.

„Verzeiht, gnädiger Herr," nahm der Bischof
von Bayonne, welcher bisher schweigend, aber sehr
aufmerksam zugehört hatte, das Wort. „Auf diese
Weise wird wohl die Scheuer der deutschen Fürsten umfriedet, die Umfriedung des Königs von
Frankreich aber zu seinem alleinigen Schaden zerrissen. Ich als dessen Vertreter kann mich nur

auf ein Offensivbündniß einlaffen und muß drin-
gend bitten, fich bald darüber zu erklären, damit
in Frankreich befchloffen werden könne, wie der
Krieg im nächften Frühling zu führen fei. Es
ift fpät im Jahre, die Kriegsrüftungen erfordern
Zeit, und kein Monat des kommenden Winters
darf unbenußt vorüber gehen."

Der Markgraf trat mit einiger Heftigkeit nochmals für feine Anficht auf und erklärte auch im
Namen des Herzogs von Preußen, daß diefer
nicht zu etnem Angriff mitwirken könne, fchon feines Lehnsverhältniffes zu Polen wegen, da der
König von Polen mit dem Kaifer in den freund-
fchaftlichften Beziehungen ftehe. Zu feinem großen Verdruffe neigten fich aber die andern Für-
ften, mit Ausnahme des Herzogs von Mecklenburg, der fich noch nicht erklärt hatte, und auch
die Abgefandten der heffifchen Landgrafen der andern Meinung zu, und es kam darüber zu einem
langen und unerquicklichen Streite, der nur auf
eine kurze Zeit durch die Vorlegung eines Ver-
tragsentwurfs durch die genannten Bevollmächtig-
ten wenigftens auf einen andern Gegenftand gelenkt wurde, freilich um auch hier neue Zerwürf-
niß zu bringen. Der Markgraf verwarf den Ent-
wurf unbedingt, weil darin von dem Fundament

des Bundes, von der Religion, nicht die Rede
sei, sondern als Hauptpunkt nur die Befreiung des
gefangenen Landgrafen Philipp vorangestellt werde.
Kurfürst Moritz vertheidigte das, da aber die
nöthigste Frage: Schutz- oder Trutzbündniß? noch
immer nicht gelöst war, so mußte der französische Legat,
welcher die kirchlichen Interessen als eine für ihn
zarte Angelegenheit behutsam zu behandeln mußte,
bald wieder zu der nöthigen Entscheidung zu
drängen. Das Princip der französischen Politik,
wie es nach ihm — freilich erst, als die bald folgenden blutigen Bürgerkriege ausgetobt hatten —
der erste Bourbon, Heinrich der Vierte, dann Ri-
chelieu im großartigsten Stile und Ludwig der
Vierzehnte verfolgt haben, das Princip nämlich,
dem Hause Oesterreich entgegen zu treten, um
seine Macht zu brechen, stellte zwar der Bischof
von Bayonne noch nicht in seiner unverhüllten
Gestalt auf, weil es doch manchen Fürsten zur
Besinnung gebracht haben würde, aber er mußte
mit glänzender Beredsamkeit und tönenden Worten das glorreiche Ziel zu schildern, welches durch
einen deutschen Fürstenbund im Anschluß an den
mächtigen König von Frankreich durch ein muthi-
ges Vorgehen zu erreichen und wie der Zeitpunkt,
den Kaiser in seinem Herzen anzugreifen, gerade

jetzt gekommen sei. Da erklärte sich auch der
Herzog von Mecklenburg für das Offensivbündniß,
und Markgraf Johann schwieg. Auf seiner Stirn
lagerten sich schwere Wolken, unter seinen dunk=
len Augenbrauen blitzte es, wie das Vorzeichen
eines Gewitters, aber er schwieg. Die hessischen
Abgeordneten machten sich flink an das Werk, die
einzelnen Punkte des Vertrages zu entwerfen und
aufzusetzen, wobei ihnen der schriftgewandte Bi=
schof zur Hand ging; es wurde noch viel hin und
her gesprochen, ehe das Werk beendigt war und
vorgelesen werden konnte. „Zur Nacht die Rein=
schrift!“ sprach Herzog August von Sachsen, wel=
cher nicht ohne Besorgniß die Stimmung des
Markgrafen wahrnahm. Er fürchtete einen Aus=
bruch derselben, der das Gelingen des ganzen
Zweckes der Versammlung gefährden konnte. Da=
rum wünschte er Zeit zu gewinnen, in welcher
durch versöhnliche Zusprache der gereizte Fürst,
welchem doch die gemeinschaftliche Sache so viel
verdankte, besänftigt und für den gefaßten Be=
schluß bestimmt werden konnte Die lange und
lebhafte Verhandlung hatte überdem alle Theil=
nehmer sehr aufgeregt, so daß die Unterbrechung
derselben Jedem sehr willkommen war.

Hans von Küstrin entzog sich aber den ihm

zugedachten Versuchen, er kehrte unmuthig und
bitter gestimmt in seine Herberge zurück und wies
den jungen Streitberg, welcher ihm dort zuerst
aufstieß und durch sein fragendes Gesicht wohl
mißfallen mochte, ziemlich unfreundlich ab. Fast
hätte er auch die Einladung zur Abendtafel,
welche bald nachher erfolgte, abgelehnt, aber er
besann sich doch eines Bessern und bezwang um
der allgemeinen Sache willen seine Verstimmung.
Verständigkeit war ein Grundzug seines Wesens
und er mußte denn auch wieder die nöthige Ruhe
zu gewinnen, um sich mit allen Gründen zu waff=
nen, die er nochmals gegen den Beschluß, der
noch nicht unterschrieben und besiegelt war, gel=
tend machen konnte. Je mehr er mit scharfer
Sichtung des Für und Wider darüber nachdachte,
desto wichtiger erschien ihm Manches, was der
französische Bischof vorgetragen und womit er
auch ihn, wie er sich gestehen mußte, verblendet
hatte. Er gab also die Hoffnung nicht auf, sei=
ner Meinung doch noch Bahn zu brechen und da=
durch ein großes Unglück von dem deutschen Va=
terlande abzuwenden. Beim heitern Mahle, wo
die Gemüther nicht vom langen Disputiren auf=
geregt waren, glaubte er ein besseres Gehör zu
finden; bedachte er aber auch, daß der Wein, der

nach alter deutscher Sitte reichlich fließen mußte,
kein Friedensstifter ist?

Im großen Saale, wo die Fürsten und ihre
Vertrauten tafelten, ging es bald sehr laut her, und
die Dienerschaft, welche im Vorzimmer harrte
oder Speise und Trank auftrug, konnte immer
heftigere Worte hören, die nicht stets auf ihre
Anwesenheit berechnet waren. Doch entsprang daraus keine Gefahr, es war dafür gesorgt, daß
nur solche Diener auf dem Schlosse sich befanden,
deren Treue und unverbrüchliche Verschwiegenheit
außer allen Zweifel stand. In der Wohnung des
Markgrafen Johann wußten die Seinigen, daß
er spät in der Nacht, vielleicht erst gegen Morgen
zurückkehren und sich zur Ruhe begeben werde,
sie hatten sich also meist niedergelegt, um ein
Paar Stunden Schlaf im Voraus zu nehmen,
nur ein Edelknabe saß in dem Zimmer des Fürsten, um die übrigen Diener zu rechter Zeit zu
wecken. Auch Fritz von Streitberg schlummerte
schon.

Da wurde es plötzlich laut; die Stimme des
Markgrafen ließ sich hören, sie wies in kurzen,
abgebrochenen Worten eine andere, welche ihm in
gedämpftem Tone zuzureden schien, ab. Streitberg, an dessen Thür das geschah, wachte davon

auf, er dachte sich aber nichts dabei, als daß die
Verhandlung vorüber sei und er nun endlich mor=
gen seine Abfertigung erhalten werde. Schon
wollte er in dieser erfreulichen Hoffnung wieder
entschlummern, als an seine Thür geklopft wurde.
Die Andern, welche das Zimmer mit ihm theil=
ten, waren auch schon wach geworden. „Was
giebt's?" rief Einer.

„Ihr sollt euch Alle bereit halten, vor Tages=
anbruch abzureiten," schallte es draußen.

Ehe sie noch über diese wunderbare Mitthei=
lung, die sie nicht begreifen konnten, ihre Ge=
danken austauschten, klangen auf dem Gange aber=
mals Tritte, diesmal von mehreren Personen, und
man hörte nach dem Markgrafen fragen. Fritz,
welcher keinen Anlaß gehabt, angekleidet auf die
Rückkehr des Fürsten zu warten, richtete sich gleich=
wohl schnell auf; ein Anderer aber war schon
aufgesprungen und öffnete die Thür. Es war
hell von Fackeln draußen, und er erkannte unter
den Personen, welche eben in das naheliegende
Gemach des Markgrafen traten, den Herzog von
Mecklenburg. Was war denn geschehen?

„Kommt mir nicht, ihr Herren!" rief Hans von
Küstrin, als er den nächtlichen Besuch unangemel=
det erscheinen sah. Es war nicht allein der Her=

zog von Mecklenburg, sondern auch der Bischof
von Bayonne mit den hessischen Abgeordneten,
welche ihm fast auf dem Fuße gefolgt waren.
„Kommt mir nicht! Eure Bemühungen sind vergebens!"

„Aber Hans!" sagte der Mecklenburger, indem er ihm die Rechte bot. „Willst Du ein rasches
Wort beim Weine, das in keiner Weise ehrenrüh-
rig gewesen, so schwer nehmen, daß Du damit unser
ganzes Werk zerreißest?"

„Er hat mir gesagt, ich solle nicht immer regie-
ren wollen und noch mehr, was ich euch nicht zu
wiederholen brauche," entgegnete der Markgraf noch
im vollen Zorne. „Wohlan, mag er mich aus
dem Spiel lassen."

„Gnädiger Herr!" bat der Bischof. „Wie könnt
Ihr glauben, daß der edle Fürst, der uns hieher
eingeladen hat, nur daran denken konnte, Euch
beleidigen zu wollen, dessen Weisheit er so hoch
ehrt, dessen Rath uns unentbehrlich ist?"

„Ihr könnt ihn entbehren, denn mein Rath
und meine Weisheit sind hier zu Schanden geworden! Wohl sagt Ihr, hochwürdiger Herr, daß Er
uns eingeladen hat — ich bin sein Gast, ihr
Herren!" setzte er mit Nachdruck hinzu. „Er

hat das vergessen! Darum laßt mich, ich bitte Euch,
Ihr redet vergebliche Worte!"

Umsonst beschworen ihn die Vermittler, daß
er doch des Vaterlandes gemeinsame Wohlfahrt
über diesen Zwist setzen möge, welchen Kurfürst
Moritz ebenso bedauere, als sein übereilt gespro=
chenes Wort, das überdem ja, sie wiederholten es,
nicht ehrverletzend sei; umsonst bat der Herzog
von Mecklenburg als treuer Freund den Erzürnten,
zu bedenken, wie bei solcher Uneinigkeit deutscher
Fürsten der König von Frankreich mit seiner Hülfe
zurückhaltend sein müsse. — Johann von Küstrin
ließ sich nicht beschwichtigen, er war zu tief ge=
kränkt. In dem neuerhobenen Streit über den
Punkt, welchem er sich früher nur schweigend ge=
fügt, hatte er seine feste Ueberzeugung, daß nur
Abwehr, nicht Angriff, vor Gott und Menschen
gerechtfertigt sei, mit allen Gründen, die er bei
sich erwogen hatte, aber freilich in solcher Schärfe
und Entschiedenheit ausgesprochen, daß bald zwischen
ihm und dem Kurfürsten von Sachsen, welcher ihn
bekämpfte, der Wortwechsel gar heftig entbrannt
war. Johann hatte seine Ruhe nicht behaupten
können, Moritz war leidenschaftlich und zuletzt per=
sönlich geworden, bis das Wort gefallen war, das
den Markgrafen empfindlich verletzt hatte, vielleicht

weil es getroffen. In der That, wie er der eigentliche Schöpfer des Bundes gewesen war, hatte
er wohl auch der Leiter desselben sein wollen, wenn
er es sich auch nicht gestand. Die Herren, welche
ihm gefolgt waren, als er augenblicklich nach dem
beleidigenden Ausfall des Kurfürsten den Saal
verlassen hatte, überzeugten sich endlich, daß ihre
Bemühungen für heut umsonst waren; sie hofften,
er werde morgen ruhiger Vorstellung zugänglicher
sein, und empfahlen sich für die Nacht. Der Vertrag konnte dann morgen nochmals erwogen, end-
gültig festgestellt und von allen Anwesenden voll-
zogen werden.

Johann von Brandenburg ließ es aber nicht
dazu kommen. Wie er befohlen hatte, rüstete sich
sein ganzes Gefolge zum Aufbruch, und ehe noch
der Morgen graute, schwang sich der Markgraf auf
sein Roß, ließ durch den bestürzt herbeieilenden
Marschall des Kurfürsten von Sachsen demselben
nur einen Abschiedsgruß bestellen, und ritt bei
Fackelschein in die dunkle Waldnacht hinaus,
durch welche er mit ganz andern Hoffnungen gekommen war. Dieser Abzug, den er freilich gestern
in der Leidenschaft angeordnet hatte, war jetzt
nicht blos ein trotziges Festhalten an dem einmal gefaßten Entschlusse, sondern das Werk der

Erwägung, welche ihn in der Nacht, da er kein
Auge geschlossen, bei ruhig gewordenem Blute nur
darin bestärkt hatte. Wie Jene gehofft, er werde
ihrer Meinung zugänglicher werden, so hoffte er
es von ihnen für die seinige. Der Gang der
Verhandlungen hatte ihn einen tiefern Blick in
Manches thun lassen, das er bisher in anderm
Lichte angeschaut: sein sonst so nüchtern berech-
nender Verstand hatte doch nicht Alles vorher in
seinen unausbleiblichen Folgerungen erwogen, dessen eifriger Anwalt er gewesen war, und als er
stumm und ganz allein an der Spitze seines Gefolges hinter den beiden Fackelträgern, die ihm
den Weg erhellten, durch den Wald ritt, regte sich
sein deutsches Gewissen mit der Frage, ob er auch
recht gethan, um Hülfe an die Thür des Fremden
zu klopfen. Hülfe um welchen Preis? Er war
freilich nicht der erste Fürst gewesen, der diesen
Gedanken aufgefaßt, wohl aber derjenige, welcher
ihn eifrig verfolgt und zur That verwandelt hatte!
Noch aber war ja nichts abgeschlossen, nichts verbrieft — der Abgesandte des Königs war noch
nicht mit seinen bestimmten Forderungen hervor-
getreten. Es hatte vielleicht sein Gutes, daß heut
das Werk durch seine, des Markgrafen, Abreise
gestört wurde, — nachzugeben war Johann's Sache

nicht, also wenn sie ihn ferner als Bundesgenossen brauchten, mußten sie zu ihm kommen, ihm beipflich= ten; wo nicht, — nun, dann war er für die wei= tern Folgen nicht verantwortlich.

Als es heller im Walde zu tagen begann und die Fackeln ausgelöscht werden konnten, sah sich der Fürst nach seinem Gefolge um. Die Reiter zogen in ihre Mäntel gehüllt zu Zweien, wie es der enge Waldweg gebot, hinter ihm her; als der Letzte, erkennbar an hellern Farben der Kleidung, ritt der junge fränkische Edelmann, der Bote sei= nes Vetters von Culmbach, für sich ganz allein. Alles sah, bei der grauen, nüchternen Beleuchtung des Herbstmorgens, verdrossen aus; der Wind, der sich aufgemacht hatte und mächtig in den Kronen der Bäume rauschte, trieb auch sein Spiel mit den Mänteln der Reiter, daß sie zuweilen hoch aufflatterten: sie zogen gerade über eine Waldblöße, wo er keine Hemmniß fand. — „Junker Fritz!" rief der Markgraf mit lauter Stimme.

Der Franke gab seinem Pferde die Sporen, daß es ihn schnell an die Seite des Fürsten trug.

„Du sollst heut noch Deine Abfertigung ha= ben," sagte dieser. „Ich denke in Herzberg die erste Rast zu machen, dort will ich an Deinen Herrn schreiben. Bis dahin mußt Du schon noch mitreiten."

In dem hellen Blicke des jungen Mannes
mochte er wohl die Befriedigung lesen, welche
diese Kunde ihm erweckte, denn er sagte, ohne
eine Antwort zu erlangen: „Du sehnst Dich nach
Hause! Sonst gefiel es Dir besser bei mir — sei
mir still! Ich verdenke es Dir nicht. Du willst
Dir wohl auch die Sporen verdienen, und dazu
kann Dir mein Vetter Albrecht verhelfen!" Er
gab ihm ein Zeichen mit der Hand, und Streit=
berg verhielt sein Pferd, bis er wieder den ganzen
Zug schloß. Wenn aber der Markgraf gesagt
hatte, daß es die Sehnsucht nach den goldenen
Sporen sei, welche ihn nach der Heimath zurück=
ziehen, so war dem Junker von Streitberg damit
zu viel Ehre angethan. Noch hatte er daran nicht
gedacht, und auch sein Vater, der Marschall,
wünschte es nicht, daß sein Sohn den Werbun=
gen, die auch unter dem jungen Adel viel ange=
stellt wurden, folge und sich für irgend eine Rei=
terfahne, mochte sie auch der berühmteste Rittmei=
ster im Frankenlande führen, in Bestrickung gebe.
Dazu waren dem vorsichtigen alten Herrn die
Verhältnisse zu unklar. Es hatten sich ja auch
viele Hauptleute geweigert, zu werben, ehe sie
wüßten, gegen wen. Die Erinnerungen an die
Achtserklärungen, welche der Kaiser über mehr als

einen Kriegsobersten nach dem schmalkaldischen
Kriege verhängt hatte, waren noch zu frisch: was
einem Sebastian Schärtlin von Burtenbach ge=
schehen war, konnte auch einem Egloffstein oder
Wiesenthau widerfahren. Sollte nun auf solche
Gefahr hin der Marschall Rochus von Streitberg
seinen einzigen Sohn mit hineinreiten lassen, wo
Niemand wußte, ob er wieder heraus kam? Den
Junker lockte auch dies Einreihen in ein reisiges
Geschwader nicht, mochte es auch, wie damals fast
ausschließlich geschah, nur aus adeligen Gesellen
bestehen; er war dann doch immer seiner Freiheit
beraubt, mußte handeln, wie ein Anderer gebot,
und stand unter strenger Zucht für jede Stunde
— die Ehre des Geschwaders war freilich gemein=
sam, aber die Frucht pflückte nur der Befehlsha=
ber. Auf seinen eigenen Zaum, als freier Kriegs=
mann im Gefolge des Fürsten oder lieber noch an
der Spitze einer Reiterfahne wäre er schon gern
mit hinaus-gezogen in die bunte Welt voll Aben=
teuer; zu solcher Stellung war er aber noch zu
jung und unerfahren, darum zog er es nach dem
Wunsche seines Vaters vor, daheim seiner golde=
nen Freiheit zu leben, als rüstiger Jäger durch
Wald und Thal seiner schönen Heimath zu schwei=
fen, an den Festen der Ritterschaft Theil zu nehmen

und ihre gaſtlichen Schlöſſer zu beſuchen, bis ihm
die erſehnte Stunde ſchlagen werde, wo er auf
ſeiner ſtolzen Streitburg ebenfalls ein gaſtliches
Haus eröffnen könne: die Stunde ſeines Glückes!

Vor der Hand war er aber noch im rauhen
Norddeutſchland, und die Sonne, von welcher er
im Geiſte ſein blühendes Heimaththal verklärt ſah,
konnte die ſchwere Wolkendecke nicht durchdringen,
die den ganzen Himmel überſpannt hatte; der
Herbſtwind brauſte fort und fort in den öden Kiefern, und einzelne Regentropfen begannen zu fallen. Ein unerfreulicher Ritt! Endlich wurde die
Gegend freundlicher, die Niederung der ſchwarzen
Elſter zeigte wieder reichen Anbau, und der Ort,
wo der Markgraf zu raſten gedachte, war nun bald
erreicht. Hier zog ſich der Fürſt gleich zurück und
ſchrieb, noch immer unter dem Eindrucke des
Jüngſterlebten, einen langen Brief an ſeinen Vetter. Früher war er ſtets dagegen geweſen, den
feurigen, kriegsluſtigen Albrecht mit in den Bund
zu ziehen oder nur von demſelben in Kenntniß
zu ſetzen; er hatte in richtiger Würdigung ſeines
Charakters davon abgemahnt, weil er fürchtete,
daß die Bundesgenoſſen durch ſeinen Ungeſtüm
weiter fortgeriſſen werden könnten, als ſie urſprüng-
lich beabſichtigt, zu gehen. Endlich hatte er ſich

aber dem Wunsche und dem Drängen des Herzogs
von Preußen gefügt, der aus derselben Linie der
fränkischen Hohenzollern entsprossen, den jungen
Neffen wie einen Sohn liebte und auch so nannte,
denn freilich hatte Johann zugeben müssen, daß
wenn es doch wahrscheinlich zum Schlagen komme,
Keiner dem Bunde darin von größerm Vortheil
sein werde als Albrecht, auch war er ja der treue
Kampfgefährte des Kurfürsten Moritz und von
diesem, seit man ihn für den Bund gewonnen,
nicht füglich zu scheiden, wenn man ihn nicht dem
Kaiser wieder in die Arme treiben und dadurch
einen gefährlichen Gegner erhalten wollte. Al=
brecht hatte sich zwar über Undank zu beschweren,
der ihm vom Kaiser für seine treuen Dienste ge=
worden, aber er war eine zu unruhige Natur, um
deshalb neue Dienste, dafern er sie für geboten
hielt, zu verweigern, und was die feste Ueberzeu=
gung im Glauben betraf, so mußte sich der eif=
rige Markgraf Johann leider gestehen, daß es
damit bei dem Culmbacher Vetter nicht weit her
war, sondern daß er eine bedenkliche Indifferenz
in religiösen Dingen gezeigt, ja sich sogar nicht
abgeneigt bewiesen hatte, zu einer Wiederverei=
nigung der beiden getrennten Kirchen die Hand
zu bieten. Seine Brautwerbung in England um

die Prinzessin Maria, Enkelin Ferdinand's des Katholischen von Spanien, gab davon Zeugniß. Deshalb war es allerdings gerathen, Albrecht in den
Bund zu ziehen und durch Verpflichtung darin
festzuhalten, Markgraf Johann hatte auch dazu
mitgewirkt, ohne jedoch mehr als eine sehr allgemeine Zusage zu bekommen. Jetzt war es ihm
lieb, daß Albrecht der Versammlung in Lochau
nicht beigewohnt hatte, denn er würde gewiß mit
noch größerer Heftigkeit, als sein Freund Moriß,
für ungesäumten Angriff gestimmt und selbst die
Vollmacht Johann's für den Herzog von Preußen
in Frage gestellt haben, weil er besser über dessen
Sinnesmeinung unterrichtet sei. Um so schwerer
war es aber nun dem schreibenden Markgrafen,
ihm seine eigene Ansicht recht überzeugend darzu-
stellen und ihn von allen übereilten Schritten, zu
welchen er etwa von seinem alten Waffenbruder
Moriß aufgefordert werden könne, abzumahnen.
Der Brief wurde aus diesem Grunde sehr lang,
und lange Briefe verfehlen in der Regel ihren Zweck.

Als er ihn beendigt und unterschrieben hatte,
athmete er freier auf und ließ sogleich den Junker von Streitberg rufen: er wollte keinen Augenblick versäumen, damit ihm nicht etwa ein
Anderer mit einer Anklage zuvorkomme.

„Hier, Fritz!" sagte er zu dem Franken. „Dies Schreiben übergieb als meine Antwort Deinem Fürsten. Erzähle ihm in Gottes Namen, was Du etwa gehört und gesehen hast. Deine Pferde sind gut, ich denke, Du wirst unterwegs keine unnütze Haltstatt nehmen. Wann denkst Du auf der Plassenburg zu sein?"

Streitberg gab den Tag an, ohne sich lange zu besinnen: die Frist war fast auf einen Gewalt= ritt bemessen. Der Markgraf nickte zufrieden. „Reite denn mit Gott," sagte er, „und laß Dich einmal wieder zu Küstrin sehen, Du sollst mir willkommen sein."

Drittes Kapitel.

—

Jenſeit der Berge, welche als die Scheide zwi-
ſchen dem Norden und Süden Deutſchlands angenommen werden, hatte der Herbſt noch nicht die
Unfreundlichkeit gezeigt, mit welcher er die Zu-
ſammenkunft der Fürſten auf dem ſächſiſchen Jagd-
ſchloſſe angeſehen hatte. Von der Centralkette
des Fichtelgebirges waren zwar auch mehrere Tage
hindurch die Nebel, die ſich um die ſeltſamen
Felstrümmer, welche dort alle Hochgipfel gigan-
tiſch bedecken, geballt hatten, als ſchwere Wolken
hinaus und hinab gezogen, und der Regen hatte
die vier Flüſſe, die nach den vier Weltgegenden
hernniederfließen, mächtig geſchwellt, aber bald war
ein Sturmwind von Morgen aus dem Böhmer-

lande nach Franken hergebrauſt, vor welchem die
graue Himmelsdecke zerriß, daß die Sonne wieder
ihre goldenen Strahlen belebend über die Fluren
ausgießen konnte und alle Berghäupter wieder
klar und rein ihre Umriſſe in dem blauen Aether
abzeichneten. Noch ein Tag mehr und die Waſ-
ſer, welche die einzelnen Senkungen in der Hoch-
ebene überſchwemmt, hatten ſich verlaufen; keine
Wolke mehr war am ganzen Himmel zu ſehen,
und die weißen, fliegenden Fäden, wie durch un-
ſichtbare Zauberhand über die Fluren gewoben,
verkündigten ein lang andauerndes beſtändiges
Wetter.

In düſterer Majeſtät ragten die Waldberge
der Kette, welche nur dunkle Tannen und Fichten
tragen; dort die langgeſtreckte Maſſe mit der
Einſattelung, über deren ganzen Rücken koloſſale
Blöcke gethürmt lagen; der heimkehrende Reiter
kannte ſie wohl, das war der Waldſtein, ſeine
Burg konnte man von der Landſtraße aus nicht
ſehen, ſie war vor fünf und zwanzig Jahren durch
den ſchwäbiſchen Bund, welcher Juſtiz im Reiche
übte, überfallen und geſchleift worden, weil die
Beſitzer, dem einſt mächtigen Geſchlecht der Sparn-
ecker angehörig, Wegelagerei getrieben und be-
ſonders Nürnberger Kaufleute niedergeworfen

hatten. Der Reiter, welcher durch die frische
Morgenlandschaft trabte, erinnerte sich der Geschichte, welche ihm sein Vater mit einer Nutzan-
wendung auf das eigene Stammschloß erzählt
hatte. Auch die Streitburg, wie es im Lande
noch unvergessen war, hatte kurz vor dem Bauernkriege einem schlimmen Friedensbrecher gehört,
und wäre wohl auch vom Bunde gebrochen worden, wenn Markgraf Kasimir nicht zuvorgekommen
wäre und den Verbrecher selbst bestraft hätte.
Dadurch war die Burg nicht allein erhalten, sondern als verfallenes Lehn dem Geschlecht, das
sich nach ihr nannte, wieder zurückgegeben worden.
Der Marschall Rochus hatte das seinem Sohne
oft wiederholt, damit er in seinem jugendlichen
Uebermuthe nicht etwa auch auf ähnliche Gelüste
falle, wie sie dem sonst wackern Cunz Schott das
Leben und seinen Kindern das verwirkte Lehn ge-
kostet hatten. Es lag eben in den Anschauungen
der Zeit, daß man Wackerheit wohl verträglich
mit offenem Raub hielt, der nicht von der Gesit-
tung, nicht von der Kirche, sondern nur durch
Gewalt unterdrückt werden konnte. Fritz Streitberg
dachte darüber nicht anders, und hätte er sonst Neigung zum Stegreifleben gehabt, die Warnungen seines Vaters würden ihn davon nicht abgehalten haben.

Weiterhin öffnete sich ihm die Einsicht in das grüne, liebliche Thal, das die Masse des Waldsteins von der Hauptkette trennt und sich am Fuße desselben zu einem Passe, noch heut die Hölle genannt, verengt; diesseit konnte der Reiter noch den hochaufsteigenden Rudolphstein mit seiner wunderbaren Zackenkrone wahrnehmen, dann schoben sich die Berge vor, und sein Auge wendete sich von ihrer dunklen Einförmigkeit lieber land= einwärts, wo die Landschaftsbilder in reizendem Wechsel seinen regen Sinn für Naturschönheit erfreuten. Da, als er sich schon dem Städtchen nahte, dessen gedrängte Häuser in dem wellenför= migen Lande bald sichtbar waren, bald wieder verschwanden, kam ihm ein Reiter im raschen Trabe entgegen, wie er von einem Diener gefolgt. Ihm war, als habe er diesen Mann mit dem auf= fallend hellblonden Barte schon gesehen, und wie er ihm auf wenige Schritt näher gekommen, fiel es ihm auch ein, wo — damals hatte er ihn aber in den Farben des sächsischen Hauses gesehen, den Wappenspruch des Kurfürsten auf dem ge= schlitzten Aermel gestickt, jetzt trug er ein schlich= tes, dunkles Wamms und einen schlechten Hut. Er grüßte ihn und wollte ihn fragen, wie er vom Jagdschlosse Lochau auf einmal hieher nach Fran=

ken komme, aber der Sachse erwiederte nur sehr höflich den Gruß, wartete die Anrede gar nicht ab, sondern trieb sein Pferd nur zu größerer Eile an und ritt seines Weges. „Mir auch recht!" lachte der Franke vor sich hin. Es bedurfte keines bedeutenden Scharfsinnes, um zu errathen, was den eilfertigen Sachsen hergeführt habe: Kurfürst Moritz hatte wohl auch gleich den Markgrafen Albrecht von dem, was vorgefallen war, benachrichtigen lassen. Daß er ihm, dem eigenen Boten des fränkischen Fürsten, zuvorgekommen war, beschämte den jungen Streitberg zwar einigermaßen, da er seinen Ritt sehr beschleunigt zu haben glaubte, indessen hatte Jener doch immer einen halben Tag Vorsprung gehabt, wenn er gleich am frühen Morgen, nachdem die Brandenburger das Schloß verlassen hatten, von dort abgeschickt worden, während Fritz seine Abfertigung erst um Mittag erhalten hatte. Er tröstete sich also und ließ sich nicht abhalten, in dem Städtchen, wie er sich vorgenommen, seinen Pferden Futter zu geben; die hübsche Wirthstochter stand vor der Thür ihres Hauses und lachte ihn an, wie hätte er vorüber reiten können? Zur Plassenburg kam er doch immer in wenigen Stunden vor Abend noch.

Das war allerdings richtig, aber wenn er auch
die Plassenburg erreichte, den Markgrafen sollte
er heut nicht mehr finden. Albrecht hatte das
Schreiben, welches ihm der blonde Sachse, als
Eilbote des Kurfürsten, überbracht, nicht sobald
gelesen, als er den Vortrag, den ihm der Kanzler
heut zu machen hatte, abbestellen ließ und sich
wohl eine Stunde in seinem Gemach emsig mit
Entwürfen, welche er niederschrieb, beschäftigte.
Dann kam ihm plötzlich ein Gedanke, den er nach
seiner raschen Art auch gleich in's Werk setzte.
Wolf Schott wurde gerufen.

„Finde ich Deinen Oheim Balthasar daheim?"
fragte er ihn ohne allen Eingang.

Wolf war sichtlich überrascht und erwiederte
etwas zögernd, daß er keine Nachrichten von Rabenstein habe, daß sein Oheim aber wohl zu Hause
sein werde, da er selten noch weitere Ritte unter=
nehme. Sein offenes Gesicht, das sich nicht ver-
stellen konnte, verrieth dabei wohl die Frage, welche
die Anrede des Fürsten erweckt hatte, denn dieser
sagte sogleich: „Du wunderst Dich, daß ich selbst
nach Rabenstein reiten will?"

„Ja, gnädiger Herr," antwortete Wolf. „Mein
Oheim würde Eurem Befehl, wenn Ihr ihn sprechen
wollt, ungesäumt Folge leisten, und hie her kommen.

„Das glaube ich, Du haſt mir ja geſagt, daß
er einer meiner Getreuſten iſt, und das weiß ich
auch ohnedem," ſetzte er gutmüthig hinzu, als er
bemerkte, daß ſeine ſpöttiſche Rede auf den Diener,
welchen er lieb hatte, einen kränkenden Eindruck
machte. „Wenn ich aber erſt nach Rabenſtein
ſchicken muß, um den Balthaſar hieher zu beſchei=
den, ſo geht mir Zeit vorloren, und das liebe ich
nicht. Was Einer thun will, thue er raſch. Ueber=
morgen verlaſſe ich die Plaſſenburg, Du wirſt mich
begleiten, aber auch heut ſollſt Du mich einführen
bei Deinem Oheim. Nur einer von den Reiſigen
ſoll mitreiten, verſtehſt Du mich? Ich will keinen
von den geſchwätzigen Dienern und Knechten bei
mir haben. Gieb Befehl, daß ſogleich geſattelt
wird. — Wolf!" rief er den jungen Mann noch=
mals zurück. „Ich möchte den Geier mitnehmen,
das iſt ein alter Kriegsgeſell nach meinem Herzen.
Laß ihn rufen, ſag' ihm, daß er ſich bereit hält —
er ſoll ein Roß bekommen."

„Gnädiger Herr, der Mann iſt ein Lands=
knecht — wird er reiten können?"

„Ich will's! Mag er ſich helfen, wie er kann!"
rief der Markgraf in dem Tone, der keine Ent=
gegnung duldete.

Wolf entfernte ſich, um die Anſtalten zu dem

Ritte zu treffen, der ihm in mehr als einer Hin=
sicht beunruhigend war. Nicht daß er für seinen
Oheim irgend eine Besorgniß gehabt hätte: Herr
Balthasar stand bei dem Markgrafen in hoher
Achtung und hatte sich bei jeder Zusammenkunft
mit demselben durch seine Würde, die sich nichts
vergab und doch seinem Fürsten die gebührende
Ehre erwies, dessen besondere Gunst erworben.
Selbst die Festigkeit, mit welcher er zuweilen den
weitgehenden Forderungen des Markgrafen an die
Stände entgegengetreten war, hatte ihm nicht ge=
schadet, und wenn auch der Anlaß des heutigen
überraschenden Besuchs mit den neuen Plänen
Albrecht's zusammenhängen mochte, so wußte Wolf
im Voraus, daß sein Oheim schon das Rechte
treffen werde. Aber auf Schloß Rabenstein wohnte
seine Mutter, die Wittwe Cunz Schott's, deren
unversöhnlicher Haß auch auf den Sohn des har=
ten Fürsten, der ihr den Gatten geraubt, überge=
gangen war! Welch' eine Prüfung für sie, den
Markgrafen, dem sie das Bitterste wünschte, unter
einem Dach mit sich zu wissen, ihm vielleicht zu
begegnen! Wie er seine Mutter kannte, schien es
Wolf nicht unmöglich, daß ihr Gefühl sich vielleicht
in seiner Gegenwart äußerte, sie kannte ja keine
Menschenfurcht und hatte auch nichts mehr zu

fürchten, weil sie nichts mehr zu verlieren hatte.
Es war ein betrübender Gedanke für den Sohn,
daß er sich das sagen mußte: auch ihn hatte sie
verloren gegeben. Und dann! Er gestand es sich
zwar nicht ganz ein, aber der Befehl, seinen Herrn,
welcher den Beinamen Alcibiades nicht blos seiner
Tapferkeit wegen bekommen hatte, in das Haus
seiner Verwandten einzuführen, wo er gewiß war,
daß der Liebreiz und die Unschuld der beiden
Töchter auf ihn, der eine nur zu hohe Empfäng=
lichkeit für Frauenschönheit besaß, Eindruck machen
werde, war für Wolf sehr beunruhigend: lieber
wäre er selbst davon geblieben. Indessen konnte
er nichts dagegen thun, hatte auch nicht Zeit,
diesen Betrachtungen lange nachzuhängen, da er
die Ungeduld seines Fürsten kannte, bei welchem
Befehl und Erfüllung wie Blitz und Schlag sich
folgen mußten.

Dem Hauptmann der Trabanten trug Schott
daher, nachdem er zum Marstalle wegen der Rosse
geschickt, ungesäumt auf, den Geier rufen zu lassen,
unter welchem Kriegsnamen der Mann, dem der
Markgraf seit seiner Einstellung besonderer Vor=
liebe würdigte, unter der ganzen Rotte bekannt
war. Ein alter Genoß, mit dem er vor langen
Jahren in des Kaisers Dienst die beiden Züge

nach Afrika gemacht und zufällig sich hier wieder
zusammen gefunden, hatte erzählt, daß er bei den
Spaniern el buytre, zu Deutsch der Geier, ge=
heißen, weil er beim Angriff immer mit der Wuth
eines Raubvogels auf seinen Feind gestoßen sei.
So war ihm der Beiname denn auch hier ver=
blieben, womit er ganz zufrieden schien. Wolf
kannte ihn wohl von Ansehen, hatte aber mit den
Trabanten keine dienstlichen Beziehungen, und es
war daher die erste Gelegenheit, daß er mit
dem Geier, dessen eigentlichen Namen er nicht
einmal wußte, ein Wort sprach.

Der Mann erschien vor ihm, in die Farben
des Hauses Brandenburg, Schwarz und Weiß,
neu und sauber gekleidet; er war weder durch
Wuchs, noch Gesicht ausgezeichnet, und schon er=
graut, aber in seinen Zügen, noch mehr in dem
Blicke seines Auges lag etwas, daß man ihn so
leicht nicht wieder vergessen konnte, wenn man
ihn einmal gesehen hatte, und Wolf erinnerte sich
auch noch recht wohl, wo das vor ungefähr zwei
Monaten gewesen war. Er hatte ihn damals im
Mainthal an der Straße liegend gefunden, als
Wolf von seinem letzten Besuche auf Rabenstein
zurück kam. Der alte Kriegsmann hatte zu jener Zeit
auf den Markgrafen gewartet, wahrscheinlich um

sich ihm, der für Seinesgleichen zugänglich war,
vorzustellen und Aufnahme in seinen Dienst nach-
zusuchen, was ihm an jenem Tage nicht geglückt
sein mochte, da er erst eine Woche später auf der
Plassenburg sich gemeldet hatte. Jetzt prangte er
nun in den hohenzollerschen Farben und stellte
sich dem Junker darum wohl auch mit solcher
Dreistigkeit vor, sah ihm fest und beinahe stolz in
das Auge und fragte mit einem ziemlich unehrer-
bietigen Tone, was er von ihm begehre.

Wolf bemerkte das vielleicht nicht, weil er kei-
neswegs zu den hoffärtigen oder eingebildeten
Leuten gehörte, welche immerdar besorgt sind, daß
ihnen nicht Ehre genug geschieht, weil sie sich bewußt sind, daß ihre Persönlichkeit darauf nur geringen Anspruch hat. Er sah den Trabanten ruhig und, wie es ihm gegen Jedermann eigen war,
freundlich an und fragte: „Man nennt Dich den
Geier, nicht wahr? Wie ist Dein eigentlicher Name?"

„Cunz" — antwortete der Trabant mit einem
funkelnden Blicke.

„Hörst Du den andern lieber?" entgegnete
Wolf lächelnd, weil er den Ton der Antwort miß-
verstand. „Seine Gnaden befiehlt, daß Du mit
ihm ausreiten sollst. Du hast wohl auch zu Roß
gedient?"

„Gedient? Nein, Ritter Schott! — Aber mit meinem Vater habe ich manchen Ritt gemacht, ehe Seine Gnaden und Ihr noch ein Roß bestiegen!"

Es liegt in der Art alter Kriegsleute, bei ihrem Pochen und Prahlen nicht immer die gebührende Achtung gegen Andere zu bewahren: Wolf sah dem Geier das nach, fand es wenigstens jetzt nicht an der Zeit, ihn in seine Schranken zu weisen. Er befahl ihm daher nur sich bereit zu machen, den Markgrafen sogleich zu begleiten, er werde dazu ein Pferd aus dem Marstalle erhalten, wozu schon Befehl gegeben sei.

Dem Trabanten schien diese Eröffnung Freude zu machen, doch sprach er sich darüber nicht aus, sondern verließ, von Wolf zur Eile ermahnt, schweigend das Gemach.

Eine Viertelstunde später ritt der Markgraf mit Schott von der Plassenburg hernieder, der Trabant folgte Beiden in einiger Entfernung, er saß so frei und ruhig im Sattel und führte sein etwas ungeduldiges Pferd so leicht, daß der Fürst, der sich nach ihm umsah, seine Freude daran hatte.

„Ich sage Dir, Wolf, das ist kein gemeiner Geier," rief er, „es könnte leicht ein Edelfalke

sein, der sich nur verflogen hat. In dem Alten
steckt ein Hauptmann, besser, als viele Andere,
die nur ihren Namen zur Werbung hergeben und
sich den Säckel füllen, ihre Fähnlein aber nicht
zu führen wissen. Ich werde ihn unter meine
Reisigen nehmen, er mag mein Rennfähnrich sein
bei einem leichten Haufen, und bewährt er sich da,
gebe ich ihm als Rittmeister eine ganze Reiterfahne. Glaube mir, ich weiß meine Leute zu erkennen."

Dieser Versicherung bedurfte es bei Wolf nicht,
er kannte den Scharfblick seines Herrn, unter den
Kriegsschaaren, die er führte, die Besten und Tüch-
tigsten bald herauszufinden. Auch war es in jenen Zeiten freier Werbung, wenn auch der kriegerische Adel noch immer sein altes Recht des
Vorkampfes als Führer vorzugsweise bewahrte,
nichts Seltenes, daß Kriegsmänner von nicht ade-
liger Geburt bei der Wehrhaftigkeit des ganzen
deutschen Volkes sich so hervorthaten, daß ihre
Namen bald berühmt und sie selbst als Hauptleute gesucht, ja zuweilen als Feldoberster an die
Spitze mehrerer Fahnen gestellt wurden, welche
man dann, weil unter ihrem Befehl oder Regi-
ment stehend, ihre Regimenter nannte. Für Wolf
Schott war es also nicht auffallend, daß der Mark-

graf in Bezug auf den Trabanten, der ihnen folgte, so weitgehende Absichten äußerte, er fand nur, daß der Mann wenig Glück gehabt haben müsse, weil seine Tüchtigkeit so spät erkannt werde.

Statt der Antwort rief Albrecht den Alten an seine Seite. War er denn aber so alt? In dem Moment, wo er heransprengte, sah er trotz seines grauen Bartes so kraftvoll und jung aus, daß er manchen Gelbschnabel beschämt haben würde. „Sage mir, Geier", fragte der Markgraf, „Du bist doch wohl schon ein Reisiger gewesen?"

„Als Knabe, gnädiger Herr, sonst nicht," antwortete der Trabant.

„Aber zu Roß gesessen hast Du viel!" sagte der Fürst, seinen Reiteranstand wohlgefällig musternd.

„Wie es sich traf, gnädiger Herr, — o ja!" —

„Wär's Dir nicht lieber, unter meinen Reisigen zu dienen, statt im Trabantenrock?"

Der Geier blickte seinen Herrn überrascht an, doch senkte er sein Auge gleich, um sich nicht zu verrathen, und antwortete: „Ich möchte bleiben, gnädiger Herr."

„Möchtest Du bleiben?" rief der Fürst. „Nun gut. Es soll Dein Schade nicht sein. Ich

meinte nur, in einer Rennfahne wäre besser Dein
Platz, da könntest Du mehr Ehre gewinnen, auch
mehr Geierbeute, wie?"

„Wird mir hier auch nicht fehlen", antwortete
der Geyer in seinen Bart hinein, ohne aufzu-
blicken.

Der Markgraf lachte. „Siehst Du, Wolf!"
sagte er. „Es kommt Alles in der Welt auf einen
guten Leumund an. Der freche Gesell meint,
ich würde ihm schon Gelegenheit zur Beute geben — nicht wahr, in dem fetten Bischofslande
meines ehrwürdigen Nachbars? Oder lieber noch
von den Geldsäcken der Nürnberger, die meinen
Ahnherren schon viel Feindschaft erregt! Lieber
noch, denn sie sind streitbar, und da giebt es Ehre
und Beute zugleich. Schon recht, Geier, Du
sollst bei mir bleiben. — Heißest doch nicht Florian?" fragte er, einem plötzlichen Einfalle, wie er
es oft that, Worte gebend. „Florian Geier
etwa?"

Die Frage machte den Tabranten offenbar betroffen. Sein schwarzes Auge hob sich mit einem
Blitze, der auf den Fürsten schoß, aber dessen
lachende Miene bemerkend, sank es sogleich wieder
auf den Sattelknopf.

„Ich heiße Cunz, gnädiger Herr," antwortete

er. „Den Geier haben mich die Spanier vor
Tunis genannt, und Einer aus Schwaben, der
mit mir dort war, hat es hier ausgeträtscht. Ich
heiße Cunz, gnädiger Herr, Cunz aus Cadolz-
burg, da hab' ich die richtige Taufe bekommen".

„Bist also ein Franke und mein rechter Unterthan? Bleibe dabei," sagte Albrecht. „Fragt'
ich nach Florian, so fiel mir der Florian Geyr
ein, ritterbürtig von Geschlecht, aber abgefallen
zu den Bauern, die hier ihr Wesen trieben, als
Du wohl schon in der Fremde warst. Wie alt
bist Du, Cunz?"

Cunz besann sich eine Weile. „Es ist so lange
her und ich habe so viel erlebt —" sagte er.
„Zwischen Vierzig und Fünfzig, es kann mehr
oder weniger sein."

„Kommt auch nicht darauf an!" rief Albrecht.
„Wer sagt mir, daß ich noch nicht mein dreißig-
stes Jahr erlebt habe? Was man thut und was
man hat im Leben, Wolf, nicht wahr?" Sein
kurzer Wink bedeutete zugleich den Trabanten,
daß er ihm nichts mehr zu sagen habe, und dieser verhielt sein Pferd so plötzlich, daß es sich
bäumte und mit den Vorderhufen in die Luft
hieb, wovon Wolf Schott beinahe getroffen worden wäre. Er neigte sich noch schnell genug zur

Seite, warf aber jetzt doch dem ungebührlichen
Waffenknecht einen unwilligen Blick zu, welchen
dieser mit finster zusammengezogenen Augenbrauen
aushielt.

In Bayreuth blieb der Fürst zu Nacht. Er
ließ sogleich den Hauptmann auf dem Gebirg,
Wilhelm von Stein, rufen, und hatte mit ihm
ein kurzes Gespräch, das ihn nicht recht zu befriedigen schien; auch den Kastner der neuausge-
bauten Hofburg behandelte er unfreundlich, spät
Abends noch mußten ihm Rechnungen vorgelegt
werden, welche er mit der ihm eigenen Thätig-
tigkeit genau prüfte und in vielen Punkten nicht
ganz in Ordnung fand. So war es nicht allein
hier, so war es in der ganzen Verwaltung
des Landes. Der Markgraf hätte sich damit
trösten können, daß es anderen Fürsten nicht
besser ging und die Geldnoth eine wahre Krankheit der Zeit für sie war, herbeigeführt durch Ur-
sachen, welche der Einzelne von ihnen nicht zu
heben vermochte, da sie in den Verhältnissen der
fürstlichen Einkünfte von ihren Grundbesitzungen
lag, welche nicht immer viel abwarfen, anderer
Hemmnisse zu geschweigen. So konnte sich Markgraf Albrecht sagen, daß seine Stammverwandten,
der Kurfürst von Brandenburg und der Herzog

von Preußen oft in noch größerer Finanzverlegen-
heit seien, als er; es war nur ein leidiger Trost.
Auch die Ansprüche an fürstliche Pracht und Frei-
gebigkeit, welche die Zeit unabweisbar machte,
kamen hinzu — Markgraf Albrecht, da er unver-
mählt war, bedurfte zwar der glänzenden und
großartigen Hofhaltung nicht, welche sonst auch
von ihm gefordert worden wäre, aber seine Kriegs-
anstalten, seine Bauten und Befestigungen, seine
Reisen und Feldzüge hatten viel, viel Geld ge-
kostet, und er brauchte dessen noch bedeutend mehr.
Wie stellte es nur sein Vetter Hans von Küstrin
an, der doch auch Festen baute, Geschütz anschaffte,
Musterungen über viel geworbenes Kriegsvolk
hielt, daß er Alles bestreiten konnte, ohne mit
seinen Ständen zu hadern oder Schulden auf un-
erschwingliche Zinsen zu machen? Markgraf Albrecht glaubte doch auch kein schlechter Wirth zu
sein, aber freilich, das denken gerade die, welche
am meisten brauchen, von sich am wenigsten.

Der Morgen war frisch und klar, als der
Fürst aufbrach und durch die lange und enge
Gasse, welche erst in späterer Zeit breiteren, schönen Straßen gewichen, in die sonnenhelle Landschaft hinausritt. Allzu früh war er nicht zu Roß
gestiegen, da er spät in der Nacht erst zur Ruh

gegangen war und er Herrn Balthaſer nicht zu
ungewöhnlicher Stunde überfallen wollte. Als
der friſche Herbſtwind ſeine Stirn kühlte und ſein
Auge ſich wieder auf freier Flur in weiter Aus=
ſicht erlaben konnte, warf er alle ſchweren Beden=
ken, die ihm in ſtiller Nacht aufgetaucht und ihm
ſeine Fürſtenverantwortlichkeit vor die Seele ge=
rückt hatten, weit hinter ſich. Die Gegend, welche
er Anfangs durchritt, iſt ebenſo anmuthig, als
fruchtbar, darum auch reich angebaut; Thäler und
Höhen wechſeln, wie das noch unentfärbte Wie=
ſengrün, mit dem kräftigen Braun der Felder,
welche der Pflug und die Egge ſchon zu neuer
Frucht beſtellt hatten; hier war ſchon lange keine
Einöde mehr, obgleich das Dorf Engelmeß noch
davon mitbenamt war. Der Markgraf hatte einen
Bauern, als er durch den Bach ritt, nach dem
Namen des Dorfes gefragt, der ihn bei ſeiner
heut erregten Stimmung wunderbar anſprach.
„Einöd Engelmeß! Wie klingt das heilig!“ ſagte er
zu Wolf. „Es klingt, als wäre noch Alles im alten
Glauben, in dem auch ich noch getauft bin. Wir
Proteſtanten würden jetzt kein Dorf mehr ſo nennen.“

„Gnädiger Herr, wenn wir auch die Meſſe
verloren haben, Gottes heilige Engel nicht!“ er=
wiederte Wolf.

Der Markgraf trieb sein Pferd zu stärkerer
Gangart an und sie ritten nach kurzer Zeit in
das Wiesentthal hernieder, wo die Wege an der
Brücke sich trennen. Der eine führt zur Hoch-
ebene hinauf, welche sich von da in unfruchtba-
rer Oede, steinig, nur hier und da von dürren
Fährenwäldern bedeckt, weithin erstreckt und die
reizenden, von der Natur so verschwenderisch aus-
gestatteten Thäler nicht ahnen läßt, welche es,
mehrfach verzweigt, durchschneiden. Diesen Weg
schlug der Markgraf nicht ein, er hätte ihn auch
zu einem seiner Vasallensitze geführt, dessen Eigner
ihm viel botmäßiger war, als Balthasar von
Rabenstein, weil er als Marschall in seinem un-
mittelbaren Hofdienste stand, nämlich nach der
Streitburg, aber dahin gedachte Albrecht nicht zu
reiten: sein Marschall, obwohl er sich jetzt dort
befand, war ihm gewiß. Er wandte daher sein
Roß links zur Brücke, an welcher, den bischöflichen
Grund und Boden bezeichnend, das Bild des
Gekreuzigten stand, welches im Gebiet protestan-
tischer Fürsten und Städte nicht mehr am Wege,
sondern nur in den Kirchen und will's Gott! im
Herzen geblieben war.

Nach einem kurzen Ritte sahen sie zur Linken
ein Seitenthal einmünden — „dort hinauf?"

fragte der Fürst. Wolf bejahte es, äußerte aber,
daß der Hauptweg nicht so beschwerlich sei.

„Ich möchte Waischenfeld nicht berühren," er=
wiederte der Markgraf. „Mein Vater hat die
Bürger hart gestraft, weil sie zu den Bauern ge=
halten — die brandenburgischen Farben sind dort
in bösem Andenken."

Auch der Trabant blickte mit eigenthümlichen
Gefühlen in das Thal weiter hinab, welches sie
jetzt verließen, um sich durch die Seitenschlucht
auf einem ziemlich steilen Pfade zur Höhe empor=
zuarbeiten, wo sich dann die weite Fläche in ihrer
ganzen Unerquicklichkeit vor ihnen ausbreitete.
Erst jetzt mochte Cunz eine Ahnung aufgehen,
welches wohl das Ziel des Rittes sein möge, denn
er wechselte auf einmal die Farbe und sah starr
hinaus, wo er bald in der Ferne die Kuppen auf=
tauchen sah, deren eine die Kapelle trug, die er
einst hatte in Brand stecken helfen, die mächtigere
aber das Schloß Rabenstein. Und der Markgraf
lenkte sein Roß, den sich durch die Felder schlän=
gelnden Weg verschmähend, in gerader Richtung
auf die Feste zu; es war kein Zweifel mehr, der
Ritt galt ihr. Da stellten sich Cunz Schott plötz=
lich alle Folgen der Lage, in welche er sich ge=
bracht hatte, mit unerbittlicher Schärfe vor die

Seele. „Gedenke Deiner Feinde, daß Du sie stra=
fest!" so stand in unbekannten Schriftzügen, die
ihm der Maure gedeutet, auf dem Schwerte, das
er noch jetzt an der Seite trug. Der Spruch
hatte ihn zu dem Schritte bestimmt, den er nun
bereute; er hätte der Mahnung wohl längst ge=
horcht, mochte es auch ihm selbst das Leben kosten, was
lag daran! Aber die besondere Huld, die ihm der
Markgraf geschenkt, hatte ihn entnervend getroffen,
da er im Leben nicht gewohnt war, daß ihm freund=
lich begegnet wurde — ja, er mußte sich bekennen,
daß er zu dem fürstlichen Herrn, der ein so fran=
ker, vollkommener Kriegsmann war, in der kurzen
Zeit, welche er ihm diente, schon eine Zuneigung
gefaßt, welche ihn in Zwiespalt mit seinen dunklen
Vorsätzen gebracht hatte. Nun war er gebunden
in zweifacher Art. Und seltsam! Der Haß, den
er schwinden sah gegen den Sohn Markgraf Kasi=
mir's, hatte er nun in unnatürlicher Verirrung auf
einen Andern übertragen, zu dem ihn hätte die
Stimme des Blutes ziehen, dem er sich hätte ent=
decken sollen! Was er sich selbst verzieh, die Ver=
söhnlichkeit, legte er dem Bruder zur Last! Daß
Wolf Schott dem Markgrafen dienen, sich in sei=
ner Gunst sonnen, Alles vergessen konnte, was ihm
durch das Haus Culmbach geschehen war, regte

ihn zu immer feindseligerem Grolle auf, der den
eigenen gleichen Fall nur dadurch rechtfertigte, daß
er es ja doch nur gethan, um die langverschobene
Rache zu üben, und daß er die Schwäche, die ihn
bis jetzt noch daran verhindert, wohl endlich noch
überwinden werde. Nun kamen Beide vielleicht
in wenigen Minuten vor das Angesicht ihrer Mut=
ter, Wolf hoch geehrt und geliebt an der Seite
seines Fürsten, der mit ihm aus einem Becher
trank und ihn oft im Feldlager an seiner Seite
hatte schlafen lassen, Cunz, der Aeltere, geächtet,
in Knechtsgestalt, dem Jüngern das Roß haltend,
in den Stall gebettet zu den Troßbuben! Eine
brennende Schamröthe bedeckte sein Antlitz, er
zuckte am Zügel, ob er nicht sein Pferd wenden
und wiederum in die weite Welt hinausjagen
sollte, um der Schmach zu entgehen, die ihm drohte.
Ja der Versucher klammerte sich einen Moment
an ihn an, und sagte ihm, jetzt, jetzt sei der Augen=
blick gekommen, den er so lange ersehnt hatte —
kein Mensch auf der weiten Flur, der sein Beginn=
nen vorher bemerken, den Fürsten warnen könne!
Ein rascher Entschluß, zwei Sprünge seines Rosses
vorwärts dichtauf, und die gute Klinge hatte ihr
Werk gethan — dann dem Andern zugedonnert:
„Das für unsers Vaters Blut — Wolf Schott!"

und im vollen Lauf über Berg und Thal in die
Freiheit! Aber zum heimtückischen Morde war er
unfähig. Nie hatte seine Seele daran gedacht.
Er hatte nur einen Moment ersehnt, in welchem
er mit dem Fürsten, wie damals mit dem Junker
von Streitberg an der Felsenquelle nur zu Zweien
sein würde, um ihn offen, Brust an Brust, im
ehrlichen Kampfe mit dem Rufe, was es galt, an-
zufallen. Das war bis jetzt nicht geschehen, und
sollte er nun sich selbst brandmarken? Mochte die
nächste Stunde bringen, was sie konnte, er war
entschlossen, ihr zu trotzen.

Viertes Kapitel.

„Melde mich an!" befahl Markgraf Albrecht, als er sich dem Schlosse näherte. Der Trabant sprengte voraus und kam schnell genug mit der Antwort zu seinem langsam reitenden Herrn zurück, welcher dann schon auf der Brücke von dem greisen Burgherrn empfangen wurde.

„Seht, Balthasar! Ihr habt von meiner Jugend an wenig von mir wissen wollen, so muß ich Euch schon selbst aufsuchen!" scherzte der Fürst, indem er rasch vom Pferde sprang und den Zügel dem Trabanten zuwarf, der allerdings jetzt minder flink bei der Hand war, als ein geborener Knecht gewesen sein würde.

Balthasar hieß den Markgrafen willkommen

und lehnte die Anspielung ab, welche in seinen
Worten lag. „Wenn mein gnädiger Herr befohlen hat," sagte er, „ist Balthasar Rabenstein immer zu Diensten gewesen."

„So weit es einem freien Franken gebührt,
nicht wahr?" lachte Albrecht, indem er dem Greise
in die Halle folgte, wo sogleich Anstalten zur würdigen Aufnahme des hohen Gastes getroffen wurden. Wolf war zweifelhaft, ob er sich nicht zurückziehen solle, da offenbar der Fürst mit seinem
Oheim irgend eine wichtige, auf die Landschaft
bezügliche Rücksprache zu nehmen hatte, doch befahl ihm Albrecht, welcher seine Ungewißheit wohl
in dem fragenden Blicke lesen mochte, zu bleiben.
„Es ist kein Geheimniß, was ich habe," sagte er.
„Du kannst Alles mit anhören."

Er hatte sich niedergelassen und betrachtete
aufmerksam die Bauart der Halle und ihren reichen Waffenschmuck, wie er beim Einreiten in die
Feste ihre starken Mauern und Thürme mit dem
Auge des Kriegsmannes wohlgefällig bemerkt
hatte. „Ich halte Eure Burg für unbezwinglich,"
sprach er, während Wein und Imbiß aufgetragen wurde.

„So lange wir Wasser haben, möchte es einem Feinde schwer halten, Rabenstein zu nehmen,"

erwiederte Balthasar. „Den Bauern war es zwar gelungen, die Wasserleitung zu zerstören, aber damals kam Hülfe zu rechter Zeit von Eurem Herrn Vater, der nun in Gott ruht, und seitdem ist Alles wieder in Stand gesetzt und dafür gesorgt worden, daß es nicht leicht wieder möglich wird, der Feste das Wasser abzuschneiden."

„Hat Euch mein Vater Hülfe gebracht?" sagte der Markgraf, das willkommene Wort aufgreifend. „Nun, Ihr werdet dessen gedenken, hoffe ich. Mein Hofmeister habt Ihr nicht werden wollen, als ich ein Kind war — kann sein, daß ich ein besserer Mann unter Eurer Pflege geworden wäre — was meint Ihr?"

„Ich meine, daß Eure Gnaden von mir keine Schmeichelei erwartet," antwortete Balthasar lächelnd.

„Nein, Alter!" rief der Markgraf. „Du bist lauter, wie ein guter Stahl — aber auch so fest. Ich komme her, um Dich zu fragen, wessen ich mich von meinen getreuen Ständen zu versehen habe, wenn ich zum Winter oder zum nächsten Frühling etwa mit einer namhaften Forderung von Geldhülfe vor sie trete."

„Wie soll ich darauf die Antwort geben?" erwiederte Balthasar. „Ich bin nur Einer von Vielen."

6*

„Aber der Aelteste von Allen und wirst zuerst Deine Stimme abgeben, sie hören auf Dich und sprechen Dir nach. Wirst Du mir entgegen sein?"

„Eure Gnaden weiß, daß die Stände dem Hause Brandenburg stets treu und gewärtig sind—"

„Nun?" rief der ungeduldige Fürst, als Balthasar einen Moment inne hielt, als bedenke er den Nachsatz. „Ein Wenn und Aber kommt sicher hinterdrein! Auf die Treue können wir bauen, wie auf unsere Felsen, das wissen wir, aber mit der Gewärtigkeit, wo es nicht auf persönlichen Ritterdienst, sondern auf Geld ankommt, ist es oft übel bestellt. Was antworteten sie meinem Oheim und Vormund Georg, als er von ihnen Hülfe oder Anlehen für die Noth, die er am we= nigsten verschuldet hatte, verlangte? Sie verwie= sen ihn auf Einschränkung in seiner eigenen Haus= und Hofhaltung, er solle weniger Diener und Pferde halten, sich und seine Gemahlin sparsamer kleiden, einfachere Kost auf seiner Tafel haben! Keiner von ihnen, der ein Amt bekleidete, wollte sich in seinen Einkünften schmälern lassen — und von Steuern keine Rede, denn sie seien freie Fran= ken! Heißt es nicht so?"

„Gnädiger Herr," bemerkte Balthasar ruhig, „das war nicht die Ritterschaft von Ober=Fran=

ken, welche diese Verhandlung mit dem Herrn
Markgrafen Georg hatte, sondern es waren seine
eigenen geheimen Räthe."

„Gleichviel!" versetzte Albrecht. „Ich werde
mich an die Ritterschaft wenden und will vorerst
mit Euch Rücksprache nehmen, damit Ihr Zeit
habt, bis zum Landtage Euch Alles zu überlegen.
Ich muß freier Herr über meine Handlungen sein,
wenn ich und wir Alle in diesen schweren Zeiten
nicht zu Schanden werden wollen — dazu aber
brauche ich einer starken Rüstung, denn mit Worten
schreckt man keinen Feind; zur Rüstung aber ge=
hört Geld, reichlich Geld, nicht eine kärgliche, knau=
serige Aushülfe, die nur von einem Tage zum
andern, wie ein Bettelmann, leben läßt und die
Kriegsrotten, ohne Sold, aus Hunger zu Räubern
macht. Das werde ich fordern und ich weiß, die
Ritterschaft kann es geben, sie muß es geben,
wo es die gemeine Sache deutscher Nation gilt."

Balthasar hatte dem Markgrafen in seiner ra=
schen Rede mit unverändert ruhiger Miene zuge=
hört; als er geendigt hatte und ihn um Ant=
wort ansah, fragte er ehrerbietig: „Wer ist der
Feind, von welchem Eure Gnaden sprach?"

„Fehlt es uns daran?" rief Albrecht, durch
diese gerade Frage überrascht. „In Waffen steht

die halbe Welt — und Mancher, der jetzt noch
freundlich zu uns herüber schaut, schlägt vielleicht
morgen den Helmsturz vor das Gesicht und greift
wider uns zum Schwert! Soll ich wie ein Weib
am Spinnrocken sitzen bleiben?"

„Gnädiger Herr," erwiederte Balthasar von
Rabenstein, „wo es Eure Ehre, des Hauses Bran=
denburg und des Landes Wohl fordert, wird
Eure Ritterschaft Gut und Blut zum Opfer brin=
gen, so viel kann ich wohl im Voraus verbürgen.
Darum wäre es schon gut, wenn Eure Gnaden
offen und fürstlich Euren getreuen Ständen er=
klärtet, was Eure Gedanken bei der Rüstung sind,
nicht mir!" setzte er hinzu, als er die Falten des
Unmuths auf der Stirn seines Herrn sah. „Ich
habe kein Recht, von Eurer Gnaden das zu er=
warten — wohl aber die Landschaft, dafern sie
die geforderte Hülfe bewilligen soll. Ich will Euch
nicht bergen, daß sich ein Gerücht verbreitet, es
gelte keinem fremden Fürsten oder Volke, sondern
es sei ein Bund deutscher Fürsten gegen den Kai=
ser im Werke."

„Wer sagt das?" rief der Markgraf mit flam=
menden Blicken.

„Ein treuer Diener, der Aelteste unter ihnen,
wie Eure Gnaden selbst gesagt hat," erwiederte

der Greis, ohne sein Auge zu senken. „Straft mich Lügen, gnädiger Herr, so werde ich dem Gerüchte widersprechen können."

„Mag der Bund im Werke sein, ich gehöre ihm nicht an!" rief Albrecht. „Ich stehe frei da."

„Gott sei gelobt!" entgegnete Balthasar. „So kann ich mir denken, worauf Eure Rüstungen gerichtet sind. Ihr wollt Euch gewaffnet in die Mitte des Planes stellen und den unglücklichen Kampf verhindern. Euer Schild wird der Friedensschild deutscher Nation sein, Euer Schwert jeden Friedensbrecher bedrohen — wenn das Eure Absicht ist, so segne Euch Gott dafür!" Die Stimme des Greises hatte einen bewegten Klang, aber es war nicht viel Zuversicht darin zu hören.

Der Markgraf strich mehrmals hastig über seinen gespaltenen Bart; sein blitzendes Auge streifte den schweigenden Zuhörer dieses Gesprächs, in dessen Gesicht sich eine lebhafte Theilnahme bekundete, dann fragte er, den Blick fest auf den Alten gerichtet: „Schenkt Ihr mir darin Glauben? Aber ehrlich!"

„Gnädiger Herr —" erwiederte Balthasar zögernd — „wenn Ihr befehlt, daß ich ehrlich antworten soll —"

„Schon gut!" unterbrach ihn der Markgraf.
„Ich will's Euch ersparen, mir in den Bart zu
sagen, daß Ihr mir eine allzustarke Friedensliebe
nicht zutraut. Wo Schwerter blitzen, denkt Ihr,
kann der Albrecht nicht davon bleiben! Ihr mögt
auch recht haben. Doch sage ich Euch, daß, wenn
ich diesmal genöthigt werde, das Schwert zu
ziehen, mein die Schuld nicht ist, und daß ich viel
Schmach und Unglück auf uns Alle lüde, wollt'
ich still daheim sitzen und abwarten, bis auch die
Reihe an uns kommt. Das aber kann der Fürst
fordern, daß ihm das Recht bleibt, über Krieg und
Frieden zu entscheiden".

„Wer wollte daran zweifeln?" sagte Balthasar.

„Ja! Aber dies Recht verlangt dann auch,
daß die Stände dem Fürsten die Rüstung schaffen
helfen!" entgegnete der Markgraf. „Unter allen
Umständen! Denn weigern sie ihm das, so wird
sein Recht eine Lüge, und nicht er, sondern sie
haben die Macht, zu beschließen, was geschehen soll.
Läugnet Ihr das?"

„Eure Gnaden wolle bedenken," entgegnete
der Alte, „daß, wie der Fürst, auch die Stände
von Alters her ihr Recht haben. Wenn sie unter allen Umständen für den Krieg bewilligen

müßten, was irgend gefordert wird, so wäre dann
wohl auch ihr Recht, zu bewilligen oder abzu-
lehnen, eine Lüge. Steht es aber in solcher Weise
von unsern Vorfahren her angeordnet, daß Fürst
und Stände an ihrem Theil Rechte haben, die
einander aufheben könnten, so folgt wohl daraus,
daß Beide immer einmüthig zusammen rathen und
thaten sollen."

„Und führt der Rath zu nichts, sagt Eins Ja,
das Andere Nein, wo bleibt die That? Nein,
Herr Balthasar, damit kommen wir nimmer auf's
Reine! Ich meine, Einer nur kann es sein, dessen
Wort gilt. Doch will ich mit Euch nicht darüber
streiten. Ich bin hergekommen, Euch offen und
fürstlich — so sagtet Ihr ja wohl? — zu erklären, daß ich genöthigt bin, starke Werbungen an-
zustellen, und zwar schon jetzt, damit Andere, die
mir und der gemeinen Sache vielleicht feindlich
sind, mir nicht die besten Hauptleute und das
tüchtigste Kriegsvolk vorweg nehmen, daß ich deshalb an meine treuen und stets gewärtigen Stände
eine Forderung von Geldhülfe stellen werde, und
daß ich auf Eure Stimme für die Gewährung
derselben ganz besonders rechne, weil — doch erwartet wohl auch Ihr keine schönen Worte zu
hören. Ich habe Euch ferner erklärt, daß, wenn

ja einige Fürsten zusammengetreten sein sollten, um gegen Gefahren, welche der Freiheit und den alten Rechten deutscher Nation drohen, einen Wall zu haben, Albrecht von Culmbach nicht zu ihnen gehört, sondern ganz frei dasteht. Wollt Ihr noch mehr?"

„Ich möchte Euer Gnaden um Alles nicht hintergehen, wo Ihr von mir Aufrichtigkeit gefordert habt," erwiederte Balthasar von Rabenstein. „Zu einer Rüstung, die nur ein Schild sein soll gegen die Gewalt, werde ich mit Freuden zuerst meine Stimme geben, und ich zweifle nicht, soweit ich die Gesinnung meiner Genossen kenne, daß sie mir nachfolgen werden. Eine Gewalt aber selbst üben zu helfen, dazu kann ich — möge mein gnädiger Herr mir verzeihen! — nimmermehr rathen, und die Stände würden sich eines Unrechts theilhaftig machen —"

„Nun, Balthasar!" rief der Fürst auflachend, „verlangt Ihr eine förmliche Verbriefung von mir mit Sigill und Unterschrift, daß ich, wenn ich mit Eurer Hülfe einmal gewappnet bin, nur den Schild, niemals das Schwert gebrauchen soll? Ihr seid doch selbst in Eurer Jugend oft genug im Harnisch gewesen, um zu wissen, daß man mit

dem bloßen Auffangen der Streiche zu kurz
kommt?"

„Streich um Streich, wohl! Aber hier, wo noch
kein Feind, wie Eure Gnaden sagt, den Helm=
sturz gegen Euch geschlossen hat — wollt Ihr
doch nicht den ersten Streich thun? Das verhüte
Gott!"

„Ich kann mich nicht binden!" rief Albrecht
ungeduldig. „Wie ich mich frei gemacht von des
Kaisers Dienst zum großen Nachtheil meiner Kas=
sen, frei gehalten von aller Verbindlichkeit gegen
andere, mir noch so nahe stehende Fürsten, will
ich auch frei sein von Zusagen gegen meine Stände.
Wollen sie mir helfen im guten Glauben, daß
ich handeln werde, wie ich es für nothwendig
halte, so werde ich's ihnen danken, wo nicht,
so muß ich mir selbst helfen, wie ich kann!"

„Wenn mein gnädiger Herr erst im Frühlinge
die Forderung an die Stände zu stellen gedenkt,"
erwiederte der Greis ernst, „so wird sich bis dahin
vielleicht Manches entschieden haben, was die
Sache klarer macht."

„Recht, Alter! Ich verlange auch von Dir
ebenso wenig eine bindende Zusage, wie ich sie
Dir geben mag," schloß der Markgraf. „Und so
bring' ich Dir diesen Vollen auf gute Kundschaft!

Hier, Wolf, auch Du mußt Bescheid thun, diesmal gilt kein Fuchsschwänzen!" Er hob den
schweren silbernen Pokal, der gefüllt bis zum
Rande vor ihm stand, und trank ihn auf einen
Zug aus. Balthasar that ihm ruhig Bescheid,
und sein Neffe gehorchte ebenfalls der Aufforderung,
freilich war er der Letzte, welcher den geleerten
Becher wieder auf den Tisch setzte.

„Ist Eure schöne Hausfrau daheim?" fragte
Albrecht, das vorige Gespräch für abgeschlossen
erachtend. „Ich will Euch nicht lange lästig fallen,
möchte ihr aber wohl meinen Dank sagen für die
Bewirthung."

„Meine Frau wird Euer Gnaden aufwarten,
wenn Ihr befehlt," erwiederte der Schloßherr.
„Ich hoffe aber, daß Ihr mein Haus länger be-
ehren und ein Nachtlager auf Rabenstein nicht
verschmähen werdet."

„Dank für die Gastfreundschaft," sagte der Fürst.
„Ich muß aber heut noch eine Stunde Wegs
reiten, da ich übermorgen eine weitere Reise an-
treten will. Du kannst mich bei unserer edlen
Wirthin melden, Wolf! Mit Eurer Erlaubniß!"

Wolf entfernte sich und der Markgraf sah ihm
wohlwollend nach. — „Ihr habt einen wackern
Neffen, Herr Balthasar", sprach er dann. „Er

ist mir lieb, wie kein Anderer, und ich will an
ihm gut machen, was mein Vater an dem
seinigen gethan hat. Sagt das seiner Mutter —
ist sie hier?"

„Meine Schwester ist hier, gnädiger Herr,"
antwortete Balthasar.

„Seid ohne Sorgen, ich kann ihr nicht zu-
muthen, mich zu sehen — ich weiß Alles, ich
habe mit Wolf davon schon längst gesprochen.
Er hält zurück, ich ehre das, aber ich weiß Alles.
— Wie steht Ihr mit den Bischöflichen, Euren
Nachbarn?" fragte Albrecht dann plötzlich auf
einen andern Gegenstand überspringend, wie seine
Art war.

Der Schloßherr versicherte, mit allen seinen
Nachbarn, auch mit den Vasallen des Bischofs
von Bamberg, in Frieden zu leben.

„Sollte es aber einmal zu einer Fehde mit
dem geistlichen Herrn kommen," sagte der Markgraf, „so wird Euch die Festigkeit Eurer Mauern,
da Ihr so mitten unter Feinden liegt, von Nutzen
sein. Diese Feste kann dann für alle Unternehmungen sehr wichtig werden — wie meine
Plassenburg gegen Nürnberg. Es kommt bei allen
Kriegen auch auf einen starken Rückhalt an für
den Unglücksfall, auch für Anhäufung von Waf-

fen und Kriegsgeräth. Seid Ihr damit so wohl
versehen, wie es hiernach scheint?" Er deutete
auf die schönen Waffenstücke, welche in der Halle
aufgestellt waren.

„Eure Gnaden betrachten Alles mit kriegskun=
digen Blicken," erwiederte Balthasar lächelnd.
„Ich hoffe, keine Fehde mehr mit unsern Nach=
barn zu erleben, sollte es jedoch geschehen, so fehlt
es auf Rabenstein an Waffen nicht, nur an Mann=
schaft, und diese würde mir ohne Zweifel mein
Markgraf senden".

„Rechnet darauf!" sagte Albrecht.

Jetzt wurde die Thür der Halle geöffnet und
Frau Brigitte trat ein, von Wolf gefolgt. Sie
hatte für des Fürsten Anwesenheit kein Prunkge=
wand angelegt, sie erschien vielmehr in ihrer dun=
keln, einfachen Kleidung, welche aber gerade ihre
schöne, volle Gestalt und ihr noch immer blühen=
des Antlitz mehr hob, als es die leuchtendste, nach
spanischer Mode ausgeputzte Tracht gethan haben
würde. Der Markgraf stand bei ihrem Eintritte
rasch auf, er konnte sich nicht enthalten, einen
vergleichenden Blick auf den greisen Gemahl die=
ser anmuthigen Frau zu werfen, der freilich eher
wie ihr Vater aussah, und er bedauerte sie. Frau
Birgitte nahte dem vornehmen Gaste, der ihr

entgegen ging, ohne Verlegenheit und erwiederte
seine Anrede mit einfachen Worten, ja, es schien
dem Neffen, als habe er sie gegen Andere schon
viel zuvorkommender gesehen. Sie war eine kluge
Frau, die in ihrer Zurückgezogenheit doch nicht
verlernt hatte, sich nach den Menschen zu richten,
mit welchen sie verkehrte, und der junge Markgraf
war in seinem Thun und Treiben zu rücksichtslos,
um nicht ehrbaren Frauen Anstoß zu geben. Wie
frei er mit Jungfrauen selbst von hoher Geburt
umging, wenn er bei Festlichkeiten, die er liebte
und suchte, zusammen kam, war bekannt — allerdings wußten sie ihn auch nicht in Schranken zu
halten, und die Sitten der Zeit waren auch nicht
dazu angethan. Zarte Sinnigkeit und girrendes
Minnespiel, wie die Lieder einer untergegangenen
Sängerzeit auch für ihre Gegenwart nur geträumt,
war in den festlichen Zusammenkünften des sech-
zehnten Jahrhunderts nicht zu finden. — Hier
war Alles natürlich bis zur Derbheit, ja nicht
selten bis zur Rohheit, und wo die Lust in Tanz
und Spiel höher aufbrauste, warf sie nicht selten
die Schranken der Sittlichkeit. um. Wie hätte
Albrecht Alcibiades, zügellos und wild, wie er
aufgewachsen war, noch immer des milden Einflus-
ses entbehrend, den eine edle Gemahlin selbst auf

ungebändigte Naturen zu üben pflegt, eine Ausnahme von seinen Zeitgenossen machen sollen? Un-
willführlich gehorchte er heut aber doch dem Banne,
in welchen Frau Brigitte fein und freundlich jede
Ausgelassenheit in ihrer Nähe zu legen wußte, und
Wolf, der nun in die Unterhaltung gezogen wurde,
freute sich, wie harmlos und unbefangen sein
Herr sich ihr hingeben konnte. Wenn er sich dagegen zurückrief, wie er sich damals zu Augsburg
hatte gehen lassen — der kleine Herr Sebald
hatte mit seinen Anspielungen nur zu sehr das
Rechte getroffen, wenn er über das Leben auf
diesem vielberufenen Reichstage seine Glossen gemacht! Da hatte Wolf seinen Fürsten nur zu
oft in das Haus des Arztes begleiten müssen,
wo sein Waffenbruder, Moritz von Sachsen, Herberge gemacht, nicht um diesen zu besuchen, sondern weil ihm die Töchter des Wirths, besonders
eine von ihnen, Jakobine, durch ihre Schönheit
angezogen — welche Scherzreden hatte Wolf da
von ihm gehört, wenn er mit dem Mädchen —
und hoch genug! — Tarok oder, wie es in Deutschland hieß, Truck gespielt, und sie, wie ihre Schwestern, hatten freundlich dazu gelächelt, und waren
doch Jungfrauen von gutem Leumund. Heut
floß ihm die Rede so ehrbar, als sei nie ein leicht-

fertiges Wort über seine Lippen gekommen, und
das Feuer, das zuerst beim Eintritt Brigittens
in seinem Auge geleuchtet, für Wolf beunruhi=
gend. genug, hatte sich zu einem wohlthuenden
Strahle veredelt. In Albrecht's Seele lag so viel
reines Gold unter den Schlacken — wenn nur
Zeit und Schicksal es läutern möchten! Wolf
dachte ruhiger, seit der Markgraf seinen baldigen
Aufbruch verkündigt hatte. Weder Balthasar, noch
seine Frau hatten der Töchter erwähnt, es war
kein Anlaß, sie dem Landesherrn vorzustellen, und
dieser wußte wohl nichts von ihnen oder kümmerte
sich nicht darum. So durfte Wolf hoffen, daß
die Sorge, welche er sich schon gemacht, glücklich
vorüber gehen werde, und er trug deshalb um so
freier und heiterer zur Unterhaltung bei, welche
den Markgrafen ungewöhnlich lange fesselte. Auch
für die Mutter durfte er nicht sorgen, daß sie
mit Albrecht zusammentreffen werde.

Frau Judith saß einsam in ihrem Gemach
und hatte keine Ahnung, welchen Gast das Schloß
schon seit einer Stunde berge, als wiederum Ag=
nes ihr die Kunde brachte. Sie hatte in tiefen
Gedanken gesessen — mit einer Arbeit beschäftigte
sie sich nur selten — und bemerkte kaum, daß Ag=
nes zu ihr eingetreten war, bis diese sie rief.

„Was ist geschehen?" fragte sie dann gleich, denn die Nichte war ungewöhnlich aufgeregt. „Wieder ein Freier im Schloß?"

„Nein, Base Judith!" erwiederte Agnes mit einem muthwilligen Blicke. „Aber der Markgraf!"

„Welcher Markgraf?" rief Frau Schott auffahrend.

„Unser Markgraf! Er ist mit Wolf angekommen, und der Vater sitzt mit ihnen im Waffensaale."

„Markgraf Albrecht, sagst Du?" rief die betroffene Frau und erhob sich von ihrem Sessel. Agnes nickte bejahend und schien von diesem ungewohnten Besuch, der die Einsamkeit auf Rabenstein unterbrach, in eine freudige Erregung versetzt zu sein. Der Anflug von trüber Stimmung, welcher vor einiger Zeit ihr klares Auge verdüstert, ihre reine Stirn umwölkt hatte, war längst wieder verschwunden, und nur zuweilen noch, wenn sie des Anlasses gedachte, kehrte er vorübergehend zurück. Agnes war ganz wieder das heitere Kind, wie sie Frau Judith nur hatte aufwachsen sehen. Sie hatte sich dessen gefreut, in diesem Moment aber verletzte sie das Lächeln und der strahlende Blick, welche durch die eitle Ehre des fürstlichen

Besuches geweckt schienen, und sie wandte sich von
ihr ab. Auf ihre Hand gestützt, welche die steil-
rechte Holzlehne des Sessels gefaßt hatte, stand
sie eine Weile und sah starr vor sich hin. Dann
fragte sie: „Im Waffensaale sitzt der Markgraf?"

„Ja, und die Mutter ist auch hineingegangen.
Der Wolf kam, den Markgrafen bei ihr zu melden." — Sie stockte, senkte das Auge und erröthete, als Frau Judith ihren Blick auf sie richtete. Doch bemerkte diese nicht, daß Agnes dadurch in Verwirrung gesetzt worden war, sie sah
wieder einen Moment vor sich hin, dann fragte sie:

„Bleibt er zur Nacht hier?"

„Sie werden alsbald wieder fortreiten," antwortete Agnes. — „Wolf hat schon die Pferde bestellt."

„Ich muß ihn sehen!" rief Judith gleichsam
in Selbstvergessenheit, daß sie ihren Gedanken
aussprach.

„Ja, Base Judith — wenn Ihr nicht auch
in den Waffensaal gehen wollt?" Die alte Frau
machte eine heftig abwehrende Bewegung. „Nun
dann könnt Ihr vom Fenster an der Wendelstiege,
das nach dem Hofe geht, Alles sehen," fuhr
Agnes etwas eifrig fort. „Wir gehen dahin,
Base Judith, auch Adelheid möchte den Markgrafen gern sehen — "

7*

„Haſt Du Wolf geſprochen?" fragte Frau Schott.

Agnes bejahte es, ohne etwas hinzuzufügen. — „Sagte er nicht, was ſein Herr hier gewollt hat?"

„Die Mutter fragte auch danach," erwiederte Agnes. „Er wollte es nicht ſagen, aber er muß= te es!"

„Wodurch haſt Du das errathen?" forſchte die Tante.

„Wolf iſt nicht falſch!" klang die ſchnelle und zuverſichtliche Antwort. Da richtete Frau Judith wiederum ihr ſchwarzes, brennendes Auge auf das Mädchen, und jetzt gewahrte ſie die lichte Roſen= glut, welche ihre Wange überzogen hatte. Sie ſagte nichts, aber der Blick ihres Auges nahm einen milden, faſt zärtlichen Ausdruck an, und ſie küßte Agnes auf die Stirn, bis zu welcher ſich die verrätheriſche Farbe hinaufergoſſen hatte.

Bald darauf, um nichts zu verſäumen, rief Agnes ihre Schweſter, und alle Drei begaben ſich über die dunkeln Gänge nach der Wendelſtiege des Thurmes, wo eine breite Maueröffnung, um Licht zu geben, nach dem Hofe angebracht war. Ein Fenſter hieß es wohl, aber durch Rahmen und Glas die Oeffnung zu ſchließen wäre un= nützer Aufwand geweſen — Glas war überhaupt

nur in kleinen runden Scheiben zu erschwingen,
und hätte das Licht ja wieder verdunkelt. Doch
schützte eine kniehohe Mauer am Fenster vor bösem Fall, was besonders für den Thürmer, der
zuweilen in trunkenem Zustande die Treppe hinab-
lief, sehr nöthig war.

Frau Judith trat zuerst an die Maueröffnung
und schaute hinab; eine Stufe höher stehend
blickte Agnes über ihre Schulter, während Adelheid auf einer tiefern Stufe sich an die Tante
anschmiegte. Im Hofe hörte man Pferdegetrap-
pel, der Trabant des Markgrafen zog eben das
Roß seines Herrn aus dem Stalle, während ein
Knecht vom Schlosse den hier wohlbekannten Rapp-
hengst des jungen Herrn Schott nebst dem Pferde
des Trabanten nachführte, und zuletzt auch noch
für Herrn Balthasar ein gesatteltes Pferd heraus-
gezogen wurde. Der Schloßherr wollte seinem
fürstlichen Gaste, wie es sich gebührte, auf eine
Strecke das Geleit geben. Mit gespannter Aufmerksamkeit blickten die drei Frauen hinab.

Auf einmal erbebte Frau Judith in ihrer ganzen Gestalt, daß beide Mädchen erschracken und
ihre Augen zu ihr wandten. Sie sahen eine jähe
Blässe auf ihrem Gesicht, ihre Lippen zitterten —
sie schien einer Ohnmacht nahe.

„Um Gotteswillen, was ist Euch?" rief
Adelheid.

Da hatte sich aber Frau Judith mit aller
Seelenkraft, die ihr zu Gebot stand, schon wieder
gefaßt. „Es ist nichts, Kinder!" sagte sie abge=
brochen. „Gar nichts! So tief — unten! Et=
was schwindlich — es ist aber schon vorüber!"

„Laßt mich!" rief sie auf einmal mit ihrer
vollen Stimme, als die Mädchen sie besorgt um=
faßten und von der breiten Mauerlücke, wo der
Blick in die Tiefe ihr Schwindel erregt, zurück=
führen wollten. „Laßt mich! Es ist schon Alles
gut! Ich muß hier bleiben!"

Ihr lauter Ton, den sie nicht bewacht hatte,
schien unten im Hofe gehört worden zu sein, die
Knechte blickten zum Thurme hinauf, auch der
Trabant im schwarzen Rock mit dem weißgeschlitz=
ten Bruststück und den ausgenähten Aermeln hob
rasch seinen Kopf. Er mochte darüber nicht Acht
auf das feurige Roß geben, das er hielt, denn
dieses bäumte sich plötzlich, riß ihm den Zügel
aus der Hand und sprang, freigeworden, in tollen
Sätzen über den Hof, so daß auch die anderen
Pferde wild wurden und ein Tumult von Schreien
und Fluchen entstand, der alle Aufmerksamkeit vom
Thurme ablenkte. Zum Glück wurde das Roß des

Markgrafen bald wieder gefangen, der Trabant strafte
es, indem er es stark in den Zügel riß und stellte
sich dann in trotziger Haltung, den Rücken gegen
den Thurm gekehrt, an der Hauptpforte auf, durch
welche die Herren auf den Hof treten mußten.

Sie ließen nicht mehr lange auf sich warten.
Der Markgraf erschien zuerst, auf ihn richteten
sich Aller Augen, denn es hatte sich das ganze
Schloßgesinde auf dem Hofe eingefunden, um ihn
zu sehen; er grüßte noch einmal sehr freundlich
Frau Brigitte, welche ihn bis auf die Schwelle
begleitet hatte und dort stehen geblieben war,
während ihr Gemahl und Wolf hinter dem Markgrafen aus dem Hause traten, und zu ihren ab-
seits gehaltenen Pferden gingen. Der Fürst saß
auf, sein Trabant hielt ihm den Steigbügel, dann
eilte auch er, sich auf sein Thier zu werfen. Das
lebhafte Auge des Markgrafen, als er anritt,
schweifte über die Leute auf dem Hofe, die mit
ehrerbietiger Scheu zu ihm aufblickten — da konnte
es nicht fehlen, daß seine Aufmerksamkeit von
der Gruppe im Thurmfenster gefesselt wurde, die
sich nun, von seinem Auge getroffen, etwas zurück-
zog. Beide Mädchen verneigten sich: Frau Judith aber stand hoch und starr.

„Wer ist das?“ fragte Albrecht mit sichtbarer

Bewunderung, indem er sein Barett vor den
Frauen zog und das Roß unter ihm in den Zügel knirschte und aufsprang.

„Meine Schwester, gnädiger Herr," erwiederte
Balthasar mit einem Tone, der entschuldigend
klang.

„Ich glaub's!" versetzte der Markgraf im
Weiterreiten. „Aber die Jungfrauen?"

„Meine beiden Töchter," antwortete der Greis,
und Albrecht, ehe er in das Thor einritt, das
ihn aus dem Schlosse führte, wandte sich noch
einmal um, den lieblichen Anblick, der ihn so
mächtig überrascht hatte, im Scheiden zu schauen.

„Ich hätte nimmer geglaubt," sagte er dann,
„daß Eure Feste so kostbare Demanten berge.
Wahret Eure Mauern, Herr Balthasar."

Hinter Beiden ritt Wolf, auch er hatte seine
Mutter und die Mädchen gegrüßt, da es ihm
nicht vergönnt gewesen war, die erstere zu sprechen,
wie er doch gewünscht hatte. Nicht der schnelle
Aufbruch allein, auf den er nicht gerechnet, hatte
ihn verhindert, sondern Frau Brigitte war es gewesen, die ihn, als er zu ihr kam, abgemahnt
hatte, die Mutter so überraschend aufzusuchen.
Sie war in letzter Zeit oft kränklich gewesen
und besonders so schreckhaft, daß ihr zuweilen die

geringfügigſten Anläſſe, wenn ſie unerwartet ein=
getreten, geſchadet hatten. Darum hatte er ſie
nur durch Agnes, die er mit der Schweſter bei
ihrer Mutter getroffen, grüßen laſſen, und es
war ihm nur lieb, daß er ſie noch wenn auch
von Weitem ſah. Sie aber dankte ihm nur
durch eine ſchwache Handbewegung, wie ſie den
Gruß des Markgrafen gar nicht erwiedert hatte;
ihr Auge hing an einem Andern ſo unverwandt,
als habe es nur Sehkraft für ihn und ſie ſelbſt
ihre ganze Umgebung vergeſſen.

Zu dem Knecht aus dem Schloſſe geſellt, als
gehöre er zu ihm, ritt ganz zuletzt der Trabant
des Markgrafen vom Hofe. Es war, wie alle
Leute während ſeiner kurzen Anweſenheit gefun=
den, ein finſterer, ſtolzer Mann, mit dem ſich kein
Wort reden ließ, man konnte ſich eher vor ihm
fürchten. Auch jetzt, da er feſt in ſeiner gedrun=
genen Geſtalt zu Pferde ſaß, würdigte er keinen
Menſchen eines Blickes, ſondern ſah mit dem
dicht überwachſenen Munde und den trotzigen
Mienen recht verbiſſen aus. Er hatte auch wirk=
lich nicht aufblicken wollen — als er aber vorüber
ritt, ſchoß ihm wie ein Pfeil der Gedanke durch
das Hirn: es iſt wohl zum letzten Male! Da
konnte er es nicht laſſen, er hob ſein ſchwarzes

Auge empor und sah nur eben noch, wie seine
Mutter der übermenschlichen Anstrengung, welche
sie bis jetzt aufrecht erhalten hatte, erlag. Sie
schwankte und sank, von Adelheid rasch umfangen,
in die Arme der erschrockenen Mädchen. Conrad
Schott stieß seinem Pferde die Sporen in die
Weichen, und hinter ihm war das erschütternde
Bild verschwunden.

Frau Judith aber erholte sich wunderbar schnell.
Sie schämte sich ihrer Schwäche, sie fand sogar
Kraft, zu lächeln. Jeden Beistand zurückweisend
verließ sie mit ihren Begleiterinnen den Thurm
und zog sich nicht einmal in ihr Gemach zurück,
um über dem, was sie erlebt und gesehen hatte,
zu brüten, sondern sie folgte den Kindern hinab
in das Wohnzimmer, wo sie schon Frau Brigitten
fanden, noch erregt von dem Besuche, dessen An=
laß sie sich nicht recht erklären konnte. Der Mark=
graf hatte ihr sehr wohl gefallen und sie sprach sich
darüber aus, aber sie war doch über die Jahre
jugendlicher Unbefangenheit hinaus, wo sie sich
hätte durch das vortheilhafte Licht eines Moments
bewogen fühlen können, aller bisherigen Ueber=
zeugung sogleich zu entsagen. Nur äußerte sie
sich nicht in dieser Beziehung, warum sollte sie
die reinen Gedanken ihrer Kinder trüben?

„Er ist ein schöner und fürstlicher Mann!"
sagte Agnes offen. Adelheid sprach sich nicht aus,
aber ihr Auge gab der Schwester recht, und als
diese sie um ihre Zustimmung fragte, erwiederte sie
nur: „Er ist ritterlich, gewiß!"

Frau Judith hatte Beiden verboten, von der
Anwandlung, welche sie am Thurmfenster ergriffen
hatte, der Mutter sogleich etwas zu erzählen, sie
liebte es nicht, wenn von ihr gesprochen wurde;
eine besondere Sorge um ihre Person, und wenn
sie noch so liebevoll sich äußerte, konnte sie nicht
selten böse machen. Heut aber, um der Sache
keine Wichtigkeit beizulegen, fing sie selbst davon
an und äußerte, daß sie bisher noch nie von
Schwindel zu leiden gehabt, selbst an den gefähr-
lichsten Abgründen im Gebirge habe sie sonst
gleichmüthig in die Tiefe blicken können, und
heut im sichern Thurme durch eine Brustwehr ge-
schützt, sei ihr zweimal schwach zu Muthe geworden: es möge wohl das Alter sein, das sie nun
auch gebrechlich mache, nachdem sie ihm lange genug widerstanden.

Brigitte erwiederte, daß sie ja erst ein und
sechzig Jahre zähle und von Gebrechlichkeit bei ihr
noch keine Rede sein könne.

„Ein und sechzig Jahre!" wiederholte Judith

und strich über ihr schneeweißes Haar, das unter
der Haube hervorblickte. „Freilich wohl! Es
kommt aber auf die Jahre nicht an — um alt zu
werden!" Sie ging langsam hinaus, jetzt konnte
sie es thun, ohne daß es Anlaß zum Reden ge=
geben hätte. Ihre Schwägerin mochte immerhin,
das wußte sie, den Anfall von Schwäche einer
andern Ursache, als dem Schwindel am offenen
Thurmfenster zuschreiben, diese konnte sich denken,
daß ihr der Anblick des Markgrafen bei dem
Hasse, den sie vom Vater auf ihn übertragen
hatte, nicht gleichgültig gewesen sei und wohl auf
sie erschütternde Erinnerungen geweckt habe —
den wahren Grund ahnete sie darum doch nicht.

Als Judith nun endlich in ihrem verschwiege=
nen Gemach saß, da brach es denn über sie herein,
und sie durfte sich keinen Zwang mehr anthun, ihre
Seelenstimmung vor fremden Augen zu verbergen.
Der Liebling ihres Herzens war nicht wieder in
die weite Welt hinausgegangen, er weilte noch in ihrer
Nähe, sie hatte ihn wiedergesehen. In Knechts=
gestalt — nicht mehr als freien Kriegsmann, der
seinen Arm und sein Schwert nach eigener Wahl
in den Fehden der Zeit weihen konnte, wem er
wollte, sondern als einen gedungenen Knecht,
welcher dem Herrn zu Willen sein mußte in jedem

niedern Dienst, sein Roß warten, ihm den Steig=
bügel halten; sie hatte ihn verachtet dahinten mit
dem andern Knechte gesehen, während sein Bruder
in der Gunst seines Herrn hoch gestellt stolz ihm
voranritt. Und auch das hätte ihr Herz noch
ertragen! Aber Conrad, auch Conrad im
Dienste des Fürsten, und gar gekleidet in die
verhaßten Farben, einer seiner Leibwächter, be=
rufen, ihn zu schirmen vor jeder Gefahr! Jetzt
erst wurde es ihr deutlich was er damit hatte
sagen wollen, als er den Ring mit dem blut=
rothen Steine, das Wahrzeichen der Rache, das
er getragen, durch die Frau am Toos ihr hatte
zurückstellen lassen. Sie vergaß in diesem Mo=
ment, daß Conrad dies nicht gethan, daß er der
Frau seinen Ring nur in Verwahrung gegeben
hatte, bis er wiederkommen werde — und wenn
sie auch in ihren sich verwirrenden Gedanken
darauf gefallen wäre: gleichviel! Er hatte sich des
Ringes doch entäußert und damit der Verpflich=
tung, die er vor langen Jahren in feierlicher
Stunde, als er ein verwaister Knabe an ihrem
Herzen geruht, übernommen hatte. Auch ihn hatte
sie denn verloren! Welcher böse Zauber war es
doch, der fort und fort wirkte, daß den Hohen=

zollern auch Solche, denen sie wehe gethan, Treue
geloben und halten konnten!

Der kurze Herbsttag neigte sich zum Scheiden.
Im letzten Schimmer leuchteten noch die einzelnen
Kuppen der Hochflächen, welche aus dem Fenster
des Gemachs zu sehen waren, allmälig erlosch
der Schein und zerflossen die Umrisse — in der
Seele der einsamen Frau war es früher schon
dunkel geworden: sie hatte jetzt ihre beiden Söhne
verloren, wozu lebte sie noch und quälte sich mit
ohnmächtigen Wünschen, welche doch nimmer in
Erfüllung gehen konnten! Und wenn auch der
kühnste derselben erreicht werden sollte, würde er
ihr den Seelenfrieden zurückgegeben haben, daß
sie dann ihr früh gebleichtes Haupt still und ge-
trost zum Sterben niedergelegt hätte?

Fünftes Kapitel.

Der Markgraf ritt nicht auf geradem Wege nach Bayreuth zurück, er wollte vielmehr noch, da er einmal so nahe war, seinen Marschall Rochus von Streitberg aufsuchen. Dieser verweilte eben auf seinem Lehnsgute im Wiesentthal, wo er, der im Hofdienste stand, seinen Sohn Fritz eingesetzt hatte und nur gelegentlich seinen Aufenthalt auf einige Zeit nahm. Wie die Fürsten damals selten an einem bestimmten Orte ihres Landes ihren unveränderten Sitz nahmen, sondern bald hier, bald dort Hof hielten, so wohnten auch die landsässigen Herren vom Adel, wenn sie mehr als ein Gut hatten, abwechselnd auf dem einen oder dem andern, wie es sich eben gab. Auf eine behagliche

und bequeme Einrichtung machte zu jener Zeit
eben Niemand Ansprüche, nur in den Städten
bei den reichen Patriciern sah man dergleichen
zuweilen; Fürsten und Adel prunkten wohl in
ihrer persönlichen Erscheinung mit kostbaren Klei=
dern und großem Gefolge von Dienern und Rossen,
liebten auch, wenn sie es möglich machen konnten,
prachtvolles Tafel= und Trinkgeschirr, Kunstwerke
in edlen Metallen und Schnitzereien und was
sonst der staunenswerthe Fleiß jener Zeit in Mei=
sterstücken zu Tage förderte, aber ihre Wohnungen,
mit Ausnahme der großen Ritter= und Waffen=
säle, in welchen Bankette gehalten wurden, waren
doch beschränkt, der Raum in den Burgen schlecht
benutzt, die Zimmer meist niedrig, durch Fenster
wenig erhellt und mit plumpem Hausgeräth besetzt,
das weder dem Geschmacke, noch der Bequemlich=
keit Genüge that. Etwas war es darin schon seit
vierzig, fünfzig Jahren besser geworden, aber es
fehlte noch viel, um die romantischen Vorstellungen
zu erreichen, die sich eine spätere Zeit von jenen
Zuständen gemacht hat.

Der Marschall Rochus von Streitberg war
von seinem Herrn oftmals auf längere Zeit beur=
laubt, weil dieser in seinem unstäten Kriegs= und
Reiseleben des Hofdienstes wenig bedurfte und auch

daheim auf der Plaffenburg zwar viel Bankette
für sein „Hofgesinde" — wie die adeligen Dienst=
mannen, die auch zum Reiterdienst verpflichtet
waren, noch immer hießen — und für die Ritter=
schaft seines Landes gab, aber doch immer nur
eine fürstliche Junggesellenwirthschaft führte. Daß
er den Marschall gerade jetzt nach Hause entlassen
und gleichwohl aufsuchte, lag darin, daß er die
schnelle Reise, zu welcher ihn das Schreiben des
Kurfürsten von Sachsen veranlaßt, gar nicht vor=
ausgesehen hatte. Er mußte aber nun wegen
dieser Reise mancherlei Rücksprache mit ihm neh=
men, wie er es für passend erachtet hatte, auch
den alten Balthasar zu sprechen, nicht unmittel=
bar der Reise und ihrer Erfordernisse wegen, son=
dern weil er für die Zukunft wissen wollte, worauf
er zu rechnen habe in Bezug auf die Verbindlich=
keiten, die er im Begriff stand zu übernehmen.
Sehr befriedigt war er von seiner Unterredung
mit Herrn Balthasar nicht; auf der kurzen Streck
welche dieser ihn begleitete, brachte er das Ge=e,
spräch noch einmal darauf, aber mit dem gleichen
Erfolg: er hatte es mit einem echten Vertreter
seiner Ritterschaft zu thun, der, so gewärtig er
ihm auch persönlich war, ihren altverbrieften
Rechten nicht das Mindeste vergab, und nur dann

ihre volle Opferfreudigkeit in Aussicht stellte, wenn des fürstlichen Hauses Ehre und Macht, und der Landschaft oder des gesammten deutschen Vaterlandes Heil in Gefahr sei. Der Markgraf bejahte alle diese Punkte wiederholt mit Entschiedenheit — aber er entschloß sich nicht, darüber Auskunft zu geben, und wer ihn kannte, der mochte auch nicht hoffen, daß er es über sich gewinnen werde, den Ständen gewissermaßen Rechenschaft von seinem Thun abzulegen. Als die Reiter bis zu dem Punkte gekommen waren, wo ihnen die Trümmer der Burg Rabeneck entgegen sahen, bestand der Markgraf darauf, daß ihn Balthasar nicht weiter begleite. Er reichte ihm zum Abschiede die Hand und gab ihm freundliche Grüße an seine Hausfrau mit. „Auch Eure holden Töchter nicht zu vergessen," setzte er scherzend hinzu, „obgleich ich sie nur wie Tauben in einer Mauerspalte sitzend gesehen habe."

Der Greis verneigte sich und wandte sein Pferd zur Heimkehr, von seinem Knechte gefolgt, während der Fürst mit Wolf, der seinem Oheim noch einen Gruß auch an die Mutter übertragen hatte, den Weg über die freie Fläche fortsetzte. Ein scharfer Wind fegte die Flur und trieb sein Spiel mit den flatternden Mänteln der Reiter

es war empfindlich kühl geworden und der Mark=
graf trabte immer stärker, bis sie die steile Schlucht
erreichten, welche über loses Geröll, die Burg=
trümmer links lassend, in das Thal hernieder
führt. Hier fanden sie endlich Schutz, der Wind
brauste über ihre Häupter hinweg und durch=
schüttelte nur die Kronen der Waldbäume, welche
die Ränder jenseit des Flusses, fast bis zum Fuße
desselben, den die Wellen baden, bedeckte. Die
Schönheit des Thales hatte durch die herbstlich
bunte Färbung des Laubes der Buchen und Ahorn=
bäume, welche dort streckenweise zwischen den dun=
keln Tannen stehen, einen eigenthümlichen Reiz
gewonnen, und es war ein Regen von Gold= und
Purpurblättern, den der Sturm, der immer stär=
ker in den Wipfeln hauste, weit über den Fluß
und die Wiese trieb. Wolf hatte einen offenen
Sinn für die Natur, und sein Auge weidete sich
an den wechselnden Bildern, die ihm bei jeder
Windung des Thales auftauchten. Der Markgraf
ritt langsamer, auch er freute sich jedesmal der
Pracht dieser wunderbaren Felsthäler, wenn er sie
betrat, und machte heut seinen Begleiter auf manche
kühne Klippenbildung aufmerksam; wie Jenen die
Waldgürtel, die Flut und ihre schönen Ränder
fesselten, waren es für den Markgrafen besonders

die mächtigen seltsam geformten Kolosse der Stein=
welt, die ihn anzogen, ganz seinem hochstrebenden
Charakter entsprechend.

Auf einmal fiel ihm aber wieder sein Besuch
auf Rabenstein, vielmehr sein Ausritt aus dem
Schlosse ein, und er sagte zu Wolf: „Du hast mir
nie erzählt, daß Dein alter Oheim so junge und
so liebreizende Töchter hat, wahre Perlen, deren
Schönheit in dem einsamen Rabenneste, wie in
einem verschlossenen Schrein gehalten wird, daß
sich Niemand ihrer erfreuen kann! Wär' ich be=
weibt, sie sollten am Hofe meiner Frau ihren ge=
bührenden Platz finden.“

„Sie fühlen sich sehr glücklich bei den Eltern, gnä=
diger Herr,“ erwiederte Wolf. „Wo eine Fami=
lie traulich zusammen lebt, da ist keine Einsam=
keit, da fühlen sich Alle wohl und zufrieden.“

„Meinst Du? Und warum, wenn Du daran
glaubst, warum suchst Du Dir nicht auch alsbald
eine junge Frau, hast Kinder mit ihr und lebst
traulich und zufrieden, wie Du sagst? Vielleicht
wäre es mir zum guten Exempel. Wäre keine
Deiner beiden Muhmen für Dich? Ich will Dein
Freiwerber sein!“

Wolf lachte, schien aber nicht gleich die rechte
Antwort finden zu können. „Euer Gnaden glaub'

ich besser als Junggesell dienen zu können," er=
wiederte er, „besitze ja auch keinen eigenen Herd,
wo ich eine Frau einführen könnte, und was Ihr
von meinen Muhmen sagt, gnädiger Herr, so sind
wir allzu nahe verwandt, als daß mir ein solcher Ge=
danke kommen dürfte. Es ist auch nur Euer Scherz."

Das war allerdings der Fall gewesen, gleich=
wohl hatte ihn Wolf doch einer ausführlichen
Beantwortung werth gehalten, ein Beweis, daß er
ihn schwerer genommen, als er gemeint war. Der
Markgraf wurde dadurch veranlaßt, ihn weiter zu
treiben. „Aus Scherz kann Ernst werden!" ver=
setzte er. „Eure Einwürfe gelten nicht, mein
Ritter Schott. Warum solltest Du mir besser als
Junggesell dienen! Sind nicht unter meinen Rä=
then beweibte Männer genug? Bei keiner Gele=
genheit, wo ich ihrer bedarf, ja nicht einmal beim
Waidwerk oder beim Becher, wenn sie gerufen
werden, fehlt Einer! Und daß Du keinen eigenen
Herd hast? Wirfst Du mir Armuth oder Knau=
serei vor, daß ich Deine treuen Dienste noch nicht
mit einem Hause, wo Du Dein eigenes Feuer
anzünden kannst, belohnt habe?"

„Gnädiger Herr!" rief Wolf —

„Schon recht, ich glaub' Dir!" unterbrach
ihn der Markgraf, ohne ihn zu Wort kommen zu

laffen. „Du dienst mir nicht um Lohn, sondern
weil Du mir anhänglich bist, ich weiß es. Aber
doch fällt mir's nun auf die Seele, daß ich Dir
noch nicht gerecht worden bin, wie Du es ver-
dienst. Freilich kann ich es auch nicht, wie ich möchte
— aber wenn es vielleicht bald in lichte Flammen ausbricht in der Welt, oder ich mit meinen
Nachbarn endlich einmal Abrechnung halte, dann
sollst Du von Albrecht sagen, daß er seinen Getreuen zu schätzen weiß.“

„Wolf dankte ihm, ergriffen von dem herz-
lichen Tone, mit welchem sein Fürst zu ihm sprach,
aber er hielt es zugleich für seine Pflicht, diesen
stets wiederkehrenden Gedanken einer baldigen
Fehde mit den Nachbarn zu bekämpfen. Albrecht
hörte ihn an, indem er gleichmüthig mit dem Zügel spielte, und erwiederte dann: „Was kommen
muß, kommt doch! Wenn es aber kommt, dann
greife ich fest zu, nicht mit einem Bisamhand-
schuh, sondern mit einer Panzerfaust, und was ein
Hohenzoller faßt, das hält er auch fest. Ich habe
mit dem Namen meines Ahnherrn Albrecht auch
eine Pflicht übernommen. — Du magst also keine
von Deinen lieblichen Muhmen?“

„Aber, gnädiger Herr, sie sind eben meine
Muhmen, leiblicher Geschwister Kind mit mir!“

„Bist Du denn noch dem kanonischen Rechte
unterthan?" entgegnete Albrecht lachend. „Ich
weiß wohl, unsere lutherischen Geistlichen halten
auch daran fest, wehren hier und da naher Ver-
wandtschaft wegen die Ehe — aber hier und da
nur, und bin ich nicht oberster Bischof im Lande?"

„Eure Gnaden wolle mit ernsten und kirchlichen Dingen nicht Scherz treiben!" erwiederte
Wolf.

„Was liegt dort?" fragte der Markgraf, auf
das kleine Haus zeigend, das ihnen jetzt thalab
sichtbar wurde.

Wolf war zufrieden, daß damit dies Gespräch
beendet sei, und beantwortete dem Fürsten, welcher dieses Weges vielleicht noch nicht gekommen
war, oder ihn wieder vergessen hatte, die Frage.

„Es ist ein Wirthshaus, gnädiger Herr, und
heißt am Toos. Wir haben von hier, wenn wir
die Höhe jenseit erreicht haben und droben etwas
scharf zureiten, etwa noch eine Stunde bis Streitberg."

„So wollen wir nicht einkehren. Das Haus
aber liegt schön und mag wohl dem Wanderer
willkommen sein." Er trabte jetzt an und wollte,
ohne anzuhalten, an dem Hause vorüber reiten,

als er darinnen ein lautes Weinen, übertönt von
dem durchdringenden Schrei einer Kinderstimme,
hörte. Zugleich stürzte ein alter, grauhaariger
Mann heraus. Als er die Reiter erblickte, stutzte
er, wollte aber, ohne sich weiter um sie zu küm=
mern, vorbeilaufen, da verritt ihm der Markgraf
den Weg. „Was giebt's?" fragte er. „Scharfe
Kinderzucht oder ein Unglück?" Der Trabant
war dicht auf gesprengt.

„Um Christi willen, Herr! Die Frau verblu=
tet —" damit wich er dem Pferde des Mark=
grafen aus und eilte nach dem Nebengebäude,
hinter welchem er verschwand. Der Trabant aber
sprang von seinem Pferde, ohne einen Befehl ab=
zuwarten, schlang den Zügel um den nächsten
Baum und stürzte in das Haus.

„Ein resoluter Gesell!" sagte Markgraf Al=
brecht, den das eigenmächtige Verfahren keines=
wegs beleidigte. „Laß sehen, Wolf, was sich
drinnen begiebt — eine Frau soll verbluten, sagte
der Alte!" Er stieg, während er das sprach, eben=
falls vom Rosse, und Wolf, welcher seinem Bei=
spiele folgte, nahm die Zügel von beiden.

„Ich werde sie halten, gnädiger Herr," sagte er, da
der Fürst in das Haus gehen wollte. Drinnen war es
ganz ruhig geworden, das Kindergeschrei verstummt.

Als der Markgraf in die Stube trat, sah er eine Frau auf die Bank gesunken, die sich an den Wänden umher zog, und seinen Trabanten, den er noch immer den Geier nannte, über sie gebeugt, ihren entblößten weißen Arm, über welchen das Blut von der Achsel herabrieselte, in der Hand — zwei lockenköpfige Knaben neben der Frau stehend, die mit starren Augen sein Beginnen verfolgten, und von dem Eintritt des fremden Mannes, wel= cher noch hinzu kam, sich nicht im Mindesten stö= ren ließen. Das kundige Auge des Fürsten er= kannte auf den ersten Blick, was sein Trabant hier that, denn er hatte dergleichen schon zuwei= len gesehen: Cunz besprach das Blut, um es zu stillen. Darum blieb er an der Schwelle stehen, damit er ihn nicht irre. Gleich darauf schlug die Frau, welche bewußtlos schien, die Augen auf — und der Trabant, der bis dahin halblaute Worte gemurmelt und zuweilen tiefer gebückt über die Wunde gehaucht hatte, sagte sogleich: „Seid ru= hig, Frau Marthe. Es ist Alles gut." Die Kin= der erhoben ein Freudengeschrei und wollten sich über die Frau stürzen, Cunz verhinderte sie aber daran und fragte: Wie ist Euch, Frau Marthe? Kennt Ihr mich?"

Sie war schon zur vollen Besinnung gekom=

men, hatte den Mann erkannt, der ihr zur Hülfe
erschienen war, und sah den reichgekleideten Fremden, der an der Thür stand und mit sichtbarem
Antheil betrachtete, was sich hier begab. Rasch
wollte sie aufstehen, aber Markgraf Albrecht trat
näher: „Bleib, gute Frau, schone Dich. Und
Du, Cunz, wenn Dir's geglückt ist, verbinde sie
schnell, damit es nicht wieder zu bluten anfängt.
Was ist Dir geschehen, armes Weib?"

Kein Mordanfall, wie er wähnte, war hier
versucht worden. — welche Hand, ruchlos genug,
hätte auch diese wehrlose Frau neben ihren Kindern tödlich angreifen können! Immerhin blieb
es aber ein seltsamer Zufall, der ihr die Wunde
verursacht hatte — sie mußte selbst nicht viel davon oder war zu schwach, es zu erzählen. Der
grauhaarige Knecht, der inzwischen mit Blutwur-
zel und Spinnwebe, die er eiligst gesucht, zurückkam und zu seiner Verwunderung und Freude das
Blut schon gestillt fand, berichtete, daß an der
Wand, wo die Wirthin gesessen, eine Streitaxt
aufgehängt gewesen, die ihr verstorbener Mann in
jungen Jahren als freisamer Landsknecht geführt,
die Axt habe an dem starken Holzriegel schon
lange Zeit gehangen und kein Mensch sie mehr
angerührt, heut aber sei sie auf einmal, wie von

einem Zauber gerückt, herabgefallen und mit der Schärfe gerade auf die Achsel der Frau. Sie habe die Magd nicht daheim gehabt und sich erst selbst helfen wollen, weil sie sich vor ihm, dem Knechte, geschämt, endlich sei er durch das Ge= schrei der Kinder aufmerksam geworden und habe sie schon ohnmächtig gefunden. —

- „Nun, junge Frau, es ist noch glücklich abgegangen," sagte der Markgraf, der wohl sah, daß sie in Gegenwart fremder Männer nicht verbunden werden könne. „Schäme Dich vor Deinem alten Knechte nicht, laß Dir hel= fen, und suche Dir bald wieder einen Mann — das hat Dir die Axt sagen wollen." Mit diesem nicht allzu mitleidigen Scherze, da er keine Gefahr mehr sah, wandte er sich zum Gehen. „Was will der Geier noch? Verlangt wohl gar Baderlohn?" rief er. `„Mach', daß Du zu den Pferden kommst!"

„Euren Ring —" sagte Frau Martha mit schwacher Stimme, Cunz hörte sie aber nicht mehr, und der vornehme Mann, der sein Herr schien, wünschte ihr noch einmal baldige Genesung, und verließ die Stube dann auch.

Es war ein wunderliches Abenteuer, welches dem Fürsten auf dem fernern Ritte, als er es

seinem Begleiter erzählte, noch andere verwandte
Ideen anregte. Der steile Hohlweg, welcher jenseit der Brücke zur Hochfläche empor führt, nöthigte
zu langsamer Gangart, und Albrecht schilderte
dabei sehr lebhaft, was er gesehen, und wie er
zuerst gedacht hatte, es sei wirklich eine Mord-
that an der schmucken Frau, vielleicht von einem
verschmähten Liebhaber oder aus Raubgelüsten, ver-
übt worden. Das Herabfallen der Axt, ohne
daß sie Jemand angestoßen, nannte er ein Wahrzeichen, und wies die Einrede Wolf's, daß die
Frau oder vielleicht einer der Knaben auf der
Bank sie doch wohl unvorsichtig berührt haben
könne, fast unwillig ab.

„Du bestreitest dergleichen, weil es Dir noch
niemals geschehen ist!" sagte er. „Hast Du mir
aber nicht selbst auf der Plassenburg, besinne
Dich, von einer geheimnißvollen Warnung gesprochen, in der Nacht, als die Schildwache auf
dem Gange die Hellebarde fallen ließ, daß es bis
in unsere Halle dröhnte?"

„Gnädiger Herr, ich vermesse mich nicht, über
Dinge, die ich nicht begreife, zu urtheilen. Wenn
ich damals zu Euer Gnaden, da Ihr mir die
Sage von Eurem Ahnherrn erzählt, ein Wort

äußerte, so war es doch ein hochwichtiger Anlaß, „aber wie soll der armen Wittwe hier —"

„Ei, Wolf, ich hätt' Dich nimmer für so hoch= müthig gehalten!" unterbrach ihn Albrecht lächelnd. „Sollen die armen Leute nicht auch ihre Schrat= ten und Hausgeister haben? Und kann die Axt nicht mir gegolten haben, Wolf, da sie just ge= fallen war, als ich kam? Morgen reiten wir mit frischen Pferden aus, wohl fünfzig Meilen weit — die Streitaxt will wieder Arbeit haben. Sieh mich nicht so wunderlich an, als wär's in meinem Kopfe nicht richtig! — Cunz!" rief er auf ein= mal. Der Trabant kam heran.

„Wo hast Du das Blut zu versprechen gelernt?" fragte Albrecht.

„Im kaiserlichen Heere, als ich mit vor Al= gier lag, beim zweiten Zuge gegen die Heiden," antwortete Cunz.

„Von wem? Auch von einem Heiden?"

„Ja," antworte der Trabant.

„Kannst wohl auch fest machen gegen Kugel und Schwert?" lachte der Markgraf. „Verstehst die Passauer Kunst."

„Ja!" sagte der Trabant in derselben kurzen und kalten Weise.

„Nun!" rief der Markgraf mit einem derben

Flüche. „Das hat noch Keiner so ungescheut ein=
gestanden. Nimm Dich in Acht, daß Du nicht we=
gen Zauberns verbrannt wirst, wie Kaiserlicher
Majestät Halsgerichtsordnung befiehlt. Ein Wun=
der, daß Du unter den Spaniern dem geistlichen
Gericht entgangen bist! Wer war denn der Heide,
der Dir seine Künste beigebracht hat, doch nicht
Beelzebub selbst, dem Du dafür Deine Seele ver=
kauft?"

„Es war mein Gefangener," antwortete Cunz
mit finsterm Blick, „derselbe, von dem ich den
Schwertgriff hier mit der arabischen Inschrift
habe, deren Deutung er mich auch gelehrt. Er
that es, weil ich ihn dafür frei ließ."

„Die Inschrift hast Du mir schon gedeutet,
als mir Dein Schwert gefiel. Wie lautet sie
doch?"

„Gedenke Deiner Feinde, daß Du sie stra=
fest!" wiederholte der Trabant mit erhöhtem
Tone.

„Das ist ein mannhafter Spruch, nicht ganz
in Deinem Sinne, Wolf? Der Geier hat ihn
aber angenommen, er bringt ihn vor, wo er kann.
Nun, alter Gesell, wenn Du Blut versprechen
kannst, wie ich gesehen habe, so wirst Du mir
auch einmal helfen, wenn's nöthig wird, gelt?

Feſt machen ſollſt Du mich nicht, dann wär's ja
mit allem Rittermuth vorbei und keine Ehre mehr
zu gewinnen. Fall' ab!"

Der Trabant zog ſich wieder zurück und der
Ritt wurde über die Hochfläche und ſpäter im
Wieſentthal, das ſie wieder aufnahm, raſcher fort-
geſetzt, bis die ſtarke Neideck und gleich darauf
auch die Streitburg den Reitern erſchienen, als
die Sonne ſich bereits den ſanfter gerundeten
Hängen gegen Ebermannſtadt hin zuneigte. In
ſich gekehrt, mit ſchwer gerunzelter Stirn trabte
Cunz Schott, hinter ſeinem Fürſten her. Dieſer
Tag war für ihn ein Tag bitterer Prüfungen!
Es war, als habe ſich in die kurze Spanne weniger Stunden Alles drängen ſollen, was ihn tödlich treffen konnte, als ſei er verurtheilt, gerade
heut ſeine eigenen Fußſtapfen, die er vor nicht
langer Zeit gewandelt, wieder zu meſſen und unter welchen Umſtänden! Die Mutter hatte ihn ge-
ſehen und wiedererkannt in ſeiner ſchmachvollen
Erniedrigung, nun ſollte er auch die Stätte ſeiner
Geburt, ſein rechtes Eigenthum, wie er es noch
immer nannte, von Neuem betreten, die Streitburg, wo ihn der übermüthige Junker unwürdig
behandelt und faſt ſchon beraubt hatte! Zu ändern war es nicht, er mußte Allem trotzen! Nur

eine Erinnerung des heutigen Tages that ihm
wohl, es war die an die blutende Frau, die er
zum zweiten Male vom sichern Tode gerettet
hatte. Kein Zweifel konnte ihm diese feste Ueberzeugung rauben. Und wie er der bleichen Frau
gedachte und der beiden Knaben, die ihn so
jubelnd mit Augen voll Dankes angeschaut hatten,
wurde seine Seele still, und er vermochte es, seinen Blick ruhiger zu dem Thurm zu erheben,
welchem er jetzt, die Höhe hinanreitend, schon
nahe gekommen war. Der Markgraf schickte ihn
wiederum voraus, seine Ankunft diesmal dem
Marschall Rochus von Streitberg, den auch Conrad kannte, zu melden.

Der Marschall war sehr verwundert über den
fürstlichen Besuch, den er sich nicht erklären konnte,
und zugleich in einer Verlegenheit, da er sich
schon im bequemsten Hauskleide befand, nicht eben
geeignet, seinen Herrn zu empfangen, welcher ihm
auch gar keine Zeit ließ, sich schicklicher anzuklei-
den, sondern seinem Trabanten auf dem Fuße
folgte, als gelte es, einen feindlichen Posten zu überfallen. So mußte Rochus denn auf ausdrück-
lichen Befehl erscheinen, wie er war, und der
Markgraf brach in ein schallendes Gelächter aus,
als er seinen ohnehin corpulenten Hofmarschall

in dem übermäßig weiten, wollenen Rocke erblickte,
der ihn ganz unförmlich machte. Wie verdrießlich
es ihm auch war, daß ihn sein Fürst so lächerlich
fand, hatte der alte Streitberg doch in früheren
Zeiten, als noch eine eigentliche Hofhaltung im
Lande bestand, sich zu beherrschen und bei innerm
Verdrusse zu lächeln gelernt; er machte selbst einen
Scherz über sein Aussehen und bat nur um Erlaubniß, sich geziemender anthun zu dürfen, die ihm
jedoch abgeschlagen wurde. Der Markgraf be-
gehrte nur einen Abendtrunk und eine Nachther-
berge; bei ersterem, der keine Umstände fordere,
solle ihm der Marschall in seinem weiten Rocke,
der ganz dazu geeignet sei, Gesellschaft leisten,
weil er mit ihm einige Rücksprache zu nehmen
habe. Diese betraf eben die Reise des Fürsten,
welche auf morgen angesetzt war. Er fing auch
gleich, nachdem er mit seinem Wirth an dem schnell
beschickten Tische Platz genommen hatte, davon
an, daß er die Plassenburg auf einige Zeit verlassen werde und nicht einmal die Rückkehr seines
Boten an den Markgrafen Hans, seinen Vetter,
abwarten könne.

„Euer Fritz ist ein langsamer Gesell für sein
Alter“, sagte er zu dem Marschall. „Mein Vetter hat ihn aber vielleicht in Küstrin aufgehal-

ten, ich will ihn deshalb nicht vor der Zeit
schelten."

Der Marschall entschuldigte seinen Sohn und
nannte ihn sonst' nur allzu geschwind.

Weiter erklärte Markgraf Albrecht auch hier
seine Absicht, welche er dem alten Balthasar aus=
gesprochen hatte, und wenn auch im Herzen Rochus
von Streitberg ebenso denken mochte, als der
Rabensteiner, so hielt er doch als Mann vom
Hofe mehr damit zurück. Er versprach sogar, die
Forderung des Herrn bei den Ständen seiner
Zeit zu unterstützen, so weit es ihm möglich sei.
Dieser Zusatz schlug ihm die sichere Brücke zum
Rückzuge. Einen Moment sah ihn Albrecht fragend
an, ob seine Bereitwilligkeit auch ernstlich gemeint
sei, da er aber in dem freundlichen Gesicht seines
Wirths nur glatte Willfährigkeit zu bemerken
glaubte, so war er zufrieden und wurde bald der
heitersten Laune. Er erzählte von dem Abenteuer
im Toos: wie eine alte Streitaxt von selbst herab=
gefallen sei, und die schmucke Wirthin an der
weißen Schulter bis zum Verbluten verwundet
habe, was doch gewiß einen baldigen Krieg be=
deute, in welchem viel arme Leut' zu Schaden
kommen würden — dies Wort war aber bei ihm
nicht etwa ein Ausdruck des Mitleids — leider

kannte Albrecht Alcibiades dies schöne Gefühl
sehr wenig', seine Seele war hart, und im Kriege
gab es keine Schonung für ihn; arme Leut' hießen eben nur die Landbewohner und Leibeigenen,
das Bauernvolk „Jedermanns Fußhader," wie
eine alte Chronik sich treffend und scharf aus-
drückt: Dann erzählte er dem aufhorchenden
Marschall auch, wie sein Trabant der Frau das
Blut versprochen, und daß er an diesem alten
Kumpan, welcher auch fest machen könne, einen
wahren Schatz habe, den er nicht so leicht von
sich lassen werde.

„Wie kam Euer Gnaden zum Toos?" fragte
der Marschall.

Albrecht erklärte ihm das, und da er bemerkte,
wie bei der Nennung des alten Balthasar sein
Wirth ein schnelles Zusammenzucken der Augenbrauen nicht gleich verhindern konnte, fragte er
ihn, ob er etwa eifersüchtig sei, daß er sich zuerst
an den Rabensteiner, statt an ihn, gewandt. Rochus
verwahrte sich dagegen, indessen ließ sich der Markgraf nicht abstreiten, was er bemerkt hatte, und
drängte ihn, die Ursache zu gestehen.

„Wenn Euer Gnaden es durchaus befehlen,"
erwiederte der Marschall, „so muß ich allerdings
zugeben, daß ich vor einiger Zeit auf Rabenstein

9*

eine Demüthigung erfahren habe, wie ich sie bei
der alten Freundschaft, die zwischen mir und Bal=
thasar bestand, nimmer erwartet hätte. Ich habe
mit Bewilligung meines gnädigen Herrn meinem
Sohne Fritz die Streitburg zur Verwaltung über=
geben —"

„Ja wohl, bis ich meine Lehnsleute zum Auf=
sitzen rufen werde!" unterbrach ihn der Markgraf.
„Verlaßt Euch d'rauf, daß es geschehen wird!
Hat der Fritz etwa mit dem alten Balthasar an=
gebunden —"

„Gnädiger Herr, ich hegte den Wunsch, daß
er sich des wilden Junggesellenlebens entschlagen
möchte —" hier stockte er, da ihm einfiel, daß er
seinem Herrn damit auch einen Vorwurf mache, und
er war beschämt über sich selbst, gewiß war sein be=
quemer Hausrock daran Schuld, daß er sich gehen
ließ, im Hofkleide würde ihm dergleichen nicht ge=
schehen sein. Der Markgraf lachte aber, trank
ihm zu und sagte: „Ich merke schon! Ihr habt
eine von den schönen Töchtern des Rabensteiners
zu Eurer Schwiegertochter erkiest, um die Seele
Eures Fritz vor aller Anfechtung des Jungge=
sellenlebens sittsam zu behüten. Will er sich aber
behüten lassen? Es giebt Leute, denen ihre Frei=
heit lieb ist!"

„Mein Fritz wäre als gehorsamer Sohn meinem Willen entgegen gekommen, auch wenn er nicht selbst —"

„Schon gut!" unterbrach ihn der Markgraf wieder. „Auf welche der beiden Jungfrauen ist denn Euer Auge gefallen? Ich habe beide gesehen — mir würde die Wahl schwer! Ist es die Blonde, die wie ein munteres Vöglein ist, das mit hellen Augen aus seinem Neste schaut? Oder die Braune mit der schönen Gestalt, die sich anschmiegt, wie eine Rebe?"

Hätte Albrecht seinen Wolf Schott in diesem Augenblicke angeschaut, so würde er in dessen Antlitze den Ausdruck innerer Beunruhigung, ja eines unverkennbaren Unwillens wahrgenommen haben. Dieser galt den Worten, in welchen sein Herr sich äußerte und die nur zu sehr verriethen, wie lebhaft er sich noch mit dem Bilde beschäftigte, das ihm der Moment des Abschiedes auf Rabenstein geboten hatte. Aber der Markgraf sah nur den alten Rochus an, dessen Antwort ihn interessirte.

„Wie die Sache ausgefallen ist," erwiederte dieser, „so wäre es schier gleichgültig, welche von den beiden Schwestern meinem Fritz eine besondere Zuneigung eingeflößt hätte. Euer Gnaden haben befohlen, ich spreche offen, und Ritter Wolf, obgleich er den Rabensteinern nahe verwandt ist, wird es mir nicht verargen."

„Nahe verwandt freilich, aber das hindert nicht, daß auch er vielleicht eine seiner schönen Muhmen zum Gespons erwählte und es gäbe vielleicht einen Kampf auf Leben und Tod, wenn es dieselbe wäre, die Ihr —"

„Gnädiger Herr!" bat Wolf bescheiden, aber in einem Tone, welcher deutlich sprach.

„Schon recht, Wolf! Ich entnehme auch aus den Reden unsers Wirths, daß sein Angriff ab= geschlagen worden ist. Ihr habt einen Korb heimgetragen, Herr Marschall von Streitberg, ge= steht es nur."

„Da es doch einmal offen zur Sprache vor Euer Gnaden gekommen ist," erwiederte Rochus, „so erlaubt mir auch', Alles zu sagen. Mein Fritz hat sich, wie junges Blut nichts bedenkt, verleiten lassen, ein Wort gegen einen Nachbar, der ihm besonders gewogen ist, zu äußern, und dieser ist denn auch gleich bei der Hand gewesen, auf eigene Faust den Freiwerber zu spielen. Hin= ter meinem Rücken! Und wenn ich Euer Gnaden sage, wer dieser Freiwerber gewesen ist, so wer= det Ihr Euch nicht wundern, daß er Alles ver=

dorben hat: es war der Junker Sebald vom Kohlstein."

Der Markgraf brach in ein lautes Ge= lächter aus und schlug sich schallend auf das Knie.

„Freilich wohl," fuhr der Marschall fort, in= dem er den Hausrock über die gekränkte Brust zog, „freilich wohl hätte ich von meinem alten Freunde Balthasar erwartet, daß er die Narrheit des Dorneggers, der sich dabei gewiß viel tolle Dinge erlaubt hat, nicht mir zur Last legen und meine in aller Form geziemend angebrachte Wer= bung ablehnen würde! Es ist aber geschehen und Euer Gnaden kann mir's nicht verdenken, wenn ich bei dem Namen Balthasar ein wenig sauer gesehen habe!

„Ihr sollt wieder ausgesöhnt werden!" rief der Markgraf. „Ich will die Werbung wieder aufnehmen!"

Wolf machte eine unwillkührliche Bewegung, aber sie achteten nicht auf ihn und er bezwang sich. — „Schaut mich nicht zweifelnd an, ehren= fester Herr Rochus," fuhr Albrecht lustig fort, „es ist mein voller Ernst. Ich weiß wohl, daß der alte Balthasar seinen harten Kopf auch vor

mir nicht beugt, wenn's ihm nicht gefällt, aber
ich gehe gern zum Strauß mit harten Gegnern.
Es ist ein hart Stück Arbeit, das ich in meinem
Leben noch nicht versucht habe, nicht wahr, Wolf?
Darum freue ich mich darauf. Sagt mir nur vor
allen Dingen, auf welche von Beiden ich zielen
soll."

Der Hofmarschall, der seinen Herrn kannte,
schien noch nicht zu glauben, daß der Vorschlag
ernstlich gemeint sei, aber er mußte endlich Stand
halten und nannte denn endlich Fräulein Agnes,
die blonde Tochter des guten Herrn Balthasar,
als diejenige, auf welche das Herz seines Sohnes
sein Absehen gerichtet.

„Recht!" sagte der Markgraf. „Mir würde es
schwer werden, mich zu entscheiden — der Türk
ist darin glücklicher, der nimmt, wo ihm das
schwer wird, gleich Beide. Wie denkt aber die
Frau Mutter dazu? Ich habe mir sagen lassen,
daß sie eine sehr kluge Frau sein soll, so klug,
wie sie noch hübsch geblieben ist bei ihrem frosti=
gen Eheliebsten, und kluge Frauen wissen oft die
starrköpfigsten Männer zu beherrschen, wie ich
von Andern weiß. Habt Ihr gar nicht mit Frau
von Rabenstein gesprochen?"

Wohl hatte das der welterfahrene Mar=

schall gethan, aber Frau Brigitte war eben
klug genug gewesen, ihre eigene Herzensmeinung
ganz durch die ihres Gemahls zu decken, und
Rochus konnte daher nichts darüber sagen.

„So werde ich denn zuerst eine Lanze mit
der schönen Frau Mutter brechen," erwiederte
Albrecht mit einem übermüthig herausfordernden
Blick auf seinen Freund, dessen ernste Mißbilligung ihm nicht entging. „Dann geht's an
den Alten, ob ich ihn etwa aus dem Sattel
hebe. Vielleicht aber, wer kann das Loos eines
Scharfrennens vorher sagen? — vielleicht komme
ich hinkend zurück, wie mein Herr Marschall
und der weidliche Junker Sebald, und wir
trösten uns dann mit einander. Glückt's., dann
soll mir jedoch die junge Frau nicht auf der
öden Streitburg verkümmern, ich denke, wenn
ich erst einmal Ruhe geschafft habe, endlich auch
eine würdige Hofstatt aufzuschlagen und sie mit
edlen Herren und schönen Frauen zu schmücken.
Was lachst Du, Wolf?"

„Ruhe, gnädiger Herr?" antwortete Wolf
ungescheut. „Ruhe werdet Ihr wohl, so lange
Ihr lebt, nimmer schaffen, noch haben, das ist einmal wider Eure Natur!"

„Was der Gesell dreist wird!" lachte der

Markgraf. „Nun, ihr Herren, so mag's wenigstens heut Ruhe geben, hier den letzten Becher, Rochus!" Er trank seinem Marschall, der ihm Bescheid that, zu, dann brach er auf, das ganze Gespräch in seiner plötzlichen Weise abschneidend, und ließ sich in das für ihn bereitete Zimmer führen, wo er seinen Trabanten noch rufen ließ, die Dienste seiner Begleiter, wie der ihm zur Verfügung gestellten Burgleute ablehnend. Der Hofmarschall aber schlang seinen Arm, nachdem er entlassen war, in den des jungen Schott, mit dem er noch über die Angelegenheit, deren sich zu seiner nicht geringen Sorge der Markgraf bemeistert, zu sprechen hatte. War es denn wirklich sein Ernst?

Sechstes Kapitel.

Der junge Edelmann, welchen der Markgraf
als vertrauten Boten an seinen Vetter Hans von
Küstrin gesandt, hatte es für nöthig erachtet, die
Rückkehr seines Herren auf der Plassenburg ab=
zuwarten, da er das Antwortschreiben in dessen
eigene Hände geben mußte. Da der Markgraf,
nur von einem einzigen Trabanten begleitet, mit
Wolf Schott ausgeritten war, konnte er keinen
weiten Ausflug unternommen haben. Die kurze
Zeit wurde aber dennoch dem ungeduldigen Fritz,
der sich sehnte, mit seinem Vater zu sprechen, sehr
lang, und er dankte Gott, als endlich die An=
kunft des Fürsten gemeldet wurde. Schon im
Hofe beim Einreiten stellte er sich ihm vor. Es

waren auch andere Herren des „Hofgesindes" ver=
sammelt.

„Du hast Dir wohl eine Schnecke aufzäumen
lassen?" rief ihm Albrecht, als er seiner ansichtig
wurde, entgegen. „Oder hast warten müssen
in dem wendischen Sumpfneste, bis mein Vetter
wieder zurückkam?"

„Ich bin mit Seiner Gnaden geritten —"
begann Friß, aber der Markgraf, der die anwe=
senden Zeugen sah, winkte ihm zu schweigen und
entließ die Versammelten, auch Wolf Schott. Dem
heimgekehrten Boten nur befahl er, ihm in sein
Zimmer zu folgen. Hier überreichte ihm dieser
das sorgfältig eingewickelte Schreiben, das er auf
seiner Brust getragen hatte, und der Markgraf er=
kannte die klaren, einfachen Schriftzüge seines
Vetters, in denen sich dessen ganzer verständiger
Charakter aussprach. Beide Fürsten waren zu
verschieden, als daß sie sich jemals hätten befreun=
den können. Albrecht wußte sehr wohl, wie Mark=
graf Johann ihm in allen Streitfragen mit seinem
unmündigen Vetter Georg Friedrich von Ansbach
entgegengewirkt, wie er ihn auch von dem Bunde
der Fürsten, dessen Bestehen Albrecht längst ge=
ahnt, fern gehalten und sich endlich nur durch
Moriß von Sachsen hatte bestimmen lassen, ihn

zum Beitritt aufzufordern. — Nicht ohne Rücksicht
auf Johann, welchen er als die Seele des gan=
zen Bundes ansah, hatte Albrecht, dem Rathe sei=
nes Wilhelm von Grumbach folgend, die selbst=
ständige Stellung eingenommen, die er in seinem
Schreiben an den Vetter gewahrt. Jetzt aber war
er obenein durch die Mittheilung über die Vor=
fälle zu Lochau, welche ihm Moritz unverzüglich
gemacht, gegen Johann, der die Versammlung
der Fürsten im eigentlichen Sinne gesprengt hatte,
vorweg eingenommen, und er las die freilich an=
ders lautende Darstellung, welche ihm Fritz von
Streitberg überbracht, mit ungläubigem Lächeln.

Auf einmal blickte er auf, er hatte vergessen,
daß Fritz von ihm noch nicht entlassen war und
ihn beobachtete. „Was thust Du noch hier?"
rief er ihn unfreundlich an, und als jener betreten
sich rechtfertigen wollte, hieß er ihn schweigen und
gehen. Doch ehe Streitberg, unmuthig in seinem
freien Herzen, die Schwelle erreichte, rief er ihn
noch einmal zurück. „Komm her, Fritz! Du
sollst mir erzählen, was in Lochau vorgefallen ist
— Du bist, soviel ich Dich verstanden, mit Mark=
graf Hansen dort gewesen?"

Friedrich, von dem freundlichen Tone nur we=
nig versöhnt, berichtete mit kurzen, gemessenen

Worten, was er selbst gehört und aus den Ge=
sprächen der übrigen Herren, ehe er sich von ih=
nen zu Herzberg getrennt, entnommen hatte. Der
Markgraf hörte ihn, das feurige Auge fest auf
ihn geheftet, ruhig an, dann sagte er: „Weißt
Du, Friß, daß ich für Dich noch ein seltenes
Botenlohn in Absicht habe?"

„Ich thue nur meine Pflicht als Lehnsmann,"
erwiederte Friedrich.

„Lehnsmann ist bis jetzt Dein Vater für
Streitberg!" versetzte der Markgraf, und der junge
Mann biß sich auf die Lippe. „Du hast mir aber
einen freien Dienst geleistet und dafür will ich
Dir auch ein Feinslieb werben!" Es lag in dem
letzten Worte, ungewöhnlich auf den Lippen des
Fürsten, der von zarten Dingen kein Freund war,
so viel Spott, daß Friedrich von Streitberg un=
willig erröthete.

„Wenn ich ein freier Mann bin, wie Euer
Gnaden mir sagt," erwiederte er, „so weiß ich
nicht, womit ich das verschuldet habe."

„Was denn?" rief der Markgraf lachend.
„Verschuldet, freilich! Warum den kleinen Land=
narren statt des Herrn Vaters schicken, wenn man
selbst nicht dem Feinde unter die Augen gehen
will? Nun sind Beide mit Schimpf heimgeschickt

worden, und ich selbst, Dein Fürst und künftiger
Lehnsherr, muß mich der Sache annehmen, wenn
etwas Gescheidtes daraus werden soll. Zieh' des=
halb die Blutfahne ein, junger Fant, die Du mir
zum Trutz aufgesteckt hast, und nimm mein Wort,
Du sollst Dein blondes Jungfräulein haben,
dafern ich sie dem alten Starrkopf abringen
kann."

Friedrich war so außer Fassung gebracht, daß
er im ersten Augenblick nichts zu erwiedern wußte;
der Markgraf ließ ihm auch keine Zeit dazu, son=
dern bedeutete ihn, daß er allein sein wolle, und
Streitberg entfernte sich mit einigen ziemlich un=
geschickten Worten des Dankes.

Wichtigere Dinge nahmen jetzt den Fürsten in
Anspruch. Er schob das Schreiben des Markgrafen
Johann beiseit, als sei es ihm lästig, dasselbe
nochmals zu lesen, wie es doch wohl rathsam
gewesen wäre; dagegen nahm er aus dem Fache
den Brief des Kurfürsten Moritz, der die Anklage
enthielt, und las sie von Neuem durch. Moritz
schob dem Markgrafen alle Schuld zu, er und kein
Anderer habe die Unterhandlung mit dem Könige
von Frankreich zuerst vorgeschlagen, der sich nim=
mermehr auf eine bloße Defensive, die für ihn weder
Sinn, noch Nutzen habe, einlassen würde; nun

sei Alles mit ihm schon zum Abschluß reif gewesen,
da habe der Markgraf mit gewohntem Starrsinn
die ganze Sache gehindert. Alle Zeugen des
Vorganges wüßten, daß er zu Lochau endlich auch
in das Trutzbündniß gewilligt, ohne alle Condi-
tion, daß es auch sogleich zu Papier gebracht,
Allen vorgelesen, von Allen einträchtig beliebt
und es in's Reine zu schreiben und zu besiegeln
zugesagt worden. Da sei denn der Markgraf bei
der Abendtafel nachträglich wieder auf seine De-
fension zurückgekommen, und habe die Gelegenheit, mit ihm, dem Kurfürsten, zu zanken, vom
Zaun gebrochen, nur um die geschehene Bewilligung und Verpflichtung aufheben und sich aus dem
ganzen Handel, den er allein doch zu Wege gebracht, zurückziehen und salviren zu können. Kein
Wunder, daß ihm, dem Schreiber des Briefes,
endlich das Blut warm geworden. Darauf sei
er, obgleich nicht einmal ehrenrührige Worte ge-
gefallen, aus Lochau wie „die Katz' von der Böne"
fortgegangen, und somit der König, weil nichts
zu Stande gekommen, vor den Kopf gestoßen.
Wie er sei, werde er sich auch schwerlich wieder
herbei lassen. Um so nöthiger aber sei es deshalb,
baldmöglichst mit dem Könige über seine Beihülfe
zum Abschluß zu kommen. Der Abgesandte dessel-

ben habe schon erklärt, sein König, in seiner Hoff=
nung und in der Versicherung der Bundesfürsten,
daß sie in allen Dingen unter einander vollkom=
men einig, schwer getäuscht, werde nicht nur alle
seine Zusicherungen sofort zurückziehen und alle
Unterhandlungen abbrechen, sondern auch die
Täuschung, womit man ihn nur habe ausholen
wollen, für eine schwere Injurie ansehen. Es sei
in dieser Gefahr auf den fünften dieses Monats
eine neue Zusammenkunft auf dem Jagdschlosse
Friedewald in Hessen anberaumt, wo freilich Mark=
graf Hans wohl nicht erscheinen, und somit auch
der Herzog von Preußen, für den er Vollmacht
habe, nicht vertreten sein werde, doch aber wolle
nun der junge Landgraf von Hessen, welcher nach
Lochau nur vertraute Männer geschickt, in Per=
son dabei sein, und da auch der Herzog von
Mecklenburg zugesagt, könne dort das Schutz= und
Trutzbündniß abgeschlossen werden. Albrecht, des
Kurfürsten Waffenbruder, dürfe dabei nicht feh=
len. Wolle er, wie er schon ausdrücklich erklärt,
unverpflichtet bleiben, so werde er deshalb nicht
gedrängt werden, dem Bunde beizutreten, aber
wie er über die Allmacht des Kaisers und die
Gefahren deutscher Freiheit denke, sei ja bekannt,
und so versehe man sich zu ihm grade, weil er

auf eigene Verantwortung handeln könne, der besten Hülfe für die gemeine Sache.

Hier brach Albrecht sein Lesen ab; es folgten
noch schmeichelhafte Worte für ihn, die er nicht
liebte. Er kannte sich selbst genau, und wollte
sich nie in einem schönern Lichte darstellen, als
er es verdiente, freilich auch nicht ändern, wie er
nun einmal war. Die Reise nach Hessen war
gleich nach Empfang dieses Schreibens beschlossen,
und wurde durch die Mittheilungen des Markgrafen Hans nicht verhindert. Noch an demselben Tage brach Albrecht mit einigen seiner ver-
trautesten Räthe, unter denen Wilhelm von Grumbach und Hans von Heideck nicht fehlen durften,
von der Plassenburg auf und setzte die Reise, da
die Frist nur kurz war, mit so großer Eile fort,
daß er das Ziel noch einen Tag früher erreichte,
als er Anfangs berechnet hatte.

Auch hier war ein Ort in tiefster Einsamkeit
gewählt worden, um zu verhüllen, was nur zu
früh an das Licht treten sollte. Das Schloß
Friedewald mit Zubehör hatte einst drei adeligen
Geschlechtern, denen von Milnrod, Reckenrod und
Altenberg gehört, von denen es Landgraf Hein-
rich der Dritte von Hessen vor hundert dreißig
Jahren erkauft und zu einem fürstlichen Jagd-

hause neu erbaut hatte. In diesem „Waldfrieden"
wurde Deutschlands erste Erniedrigung von deutschen
Fürsten berathen. Daß der Gedanke nicht neu
war, gegen das Reichsoberhaupt Hülfe im Auslande zu suchen, daß die Fürsten, welche im October des Jahres 1551 hier tagten, nicht die ersten gewesen, welche diesen Gedanken gefaßt,
mag ihnen nicht zur Entschuldigung gereichen, zur
That war es vor ihnen noch nicht gekommen,
diese blieb ihrem Entschlusse vorbehalten! Freilich,
um gerecht zu sein, muß anerkannt werden, durch
welche Gewaltmaßregeln, welche die Gegenwart
verdüstert hatten und noch mehr die Zukunft be-
drohten, sie zu diesem Entschlusse allmälig gedrängt worden waren, und die Schuld am deutschen
Vaterlande tragen nicht sie allein — immerhin
wäre aber deutsche Kraft, einmüthiglich zusammen-
gehalten, stark genug gewesen, sich spanischer Ver-
gewaltigung auch ohne die theuer erkaufte Hülfe
des Franzosen zu erwehren, denn es war der
spanische Gedanke in weltlichen und geistlichen
Dingen, welcher den Kaiser und seine Räthe be-
herrschte, und wäre er zur vollen Ausführung und
der Sohn des Kaisers, der spanische Philipp, zur
Nachfolge im deutschen Reiche gekommen, was
hätte dem deutschen Volke bevorgestanden? So

lag denn die Schuld auf beiden Seiten, und das Un=
heil hätte sich nur durch Eintracht abwenden
lassen. — Eintracht aber der Deutschen? Schöner
Traum! Nur im Feldlager zuweilen verwirklicht,
im Rathe niemals!

In dem Saale zu Friedewald saßen sie denn
zusammen, welche die Hand des Fremden gesucht
hatten, die er ihnen nur zu gern entgegenstreckte,
um zugleich ein Faustpfand für den geleisteten
Dienst zu nehmen. Wie zu Lochau waren sie um=
geben von den Trophäen der Jagd. Hirschgeweihe
von erstaunlicher Endenzahl, des Dammwilds
wunderbar geformte Schaufeln, Köpfe vom Ur
und Eber mit ihren Gewaffen, dazwischen die
verschiedensten Jagdspieße, altes und neues Schieß=
zeug und blinkende Hörner, nebst anderm Bedarf
des edlen Waidwerks, schmückten die Wände und
hätten wohl den Neid des Kurfürsten von Sach=
sen erregen können, der seine neu erbaute Moritz=
burg noch nicht so reich auszustatten vermocht
hatte, was seinen waidgerechten Nachfolgern vor=
behalten blieb. Kurfürst Moritz war, nachdem der
Markgraf Johann von Brandenburg zurückgetre=
ten und jeder Versuch, ihn zu versöhnen, bis jetzt
gescheitert war, offenbar der bedeutendste Mann
in der Versammlung, wie er trotz seiner Jugend,

— er hatte kaum das dreißigste Jahr überschritten — als Kriegsheld, wie als Staatsmann hoch
über den meisten deutschen Fürsten seiner Zeit
stand. Seine Staatskunst ging freilich oft dunkle
Wege, daher sie ihm bittern Tadel, leidenschaft-
liche Vorwürfe zugezogen und selbst die Zeit nicht
vermocht hat, alle Beweggründe derselben bei dem
verschlossenen Charakter dieses Fürsten aufzuklären.
In seinem feinen und klugen Antlitz lag dieser
Charakter ausgeprägt, es trug gewöhnlich den
Ausdruck einer kalten beobachtenden Zurückhaltung,
welcher sich auch in dem ruhigen Blicke seiner
klaren Augen spiegelte, deren Lider sie gleichmüthig gesenkt bis zum Augapfel deckten — aber
in Momenten des Affects oder zorniger Leidenschaft,
der er sehr zugänglich war, zuckten diese Lider
weit aus einander, und das blaue Auge sprühte
vernichtende Blitze, die feingeschlossenen, vom röth-
lich-blonden Bart umwallten Lippen öffneten sich
zur schärfsten Rede, vor deren Gewalt auch das
kühnste Herz erbeben mochte, und die mittelgroße
Gestalt schien in ihrer stolzen Haltung zu wach-
sen! Dazu war jedoch zu Friedewald, wo er an
der Seite seines liebsten Waffenbruders Albrecht
saß und Alle ihm willig die Verhandlung mit
dem Abgesandten des französischen Königs über-

ließen, kein zündender Funke zu fürchten. Moriz
in seiner ganzen Erscheinung war das Bild der
vollkommensten Geistesgegenwart, er wußte genau,
was er wollte, und wie weit er gehen konnte, er wußte
freilich auch, daß er mit dem Franzosen markten
mußte, denn dieser war nicht blöde, den Vortheil,
in welchen er sich durch die gescheiterten Verhand=
lungen zu Lochau gesetzt sah, mit höheren Forde=
rungen wahrzunehmen. Die Beiden, welche in ge=
wandter Rede und Gegenrede den geistigen Kampf
führten, bildeten einen interessanten Gegensatz
auch in ihrer äußern Erscheinung. Der deutsche
Fürst war ohne Prunk zwar, aber doch stattlich
gekleidet, sein schwarzer Sammetrock zeigte nur
wenige feine Streifen von Goldstickerei, welche
unter dem einfach gemusterten weißen Kragen her=
vor am Saum des über der Brust offenen Ge=
wandes hinabliefen; ein niedriges, wenig gebausch=
tes Barett mit Goldschnur eingefaßt, mit einer
zackigen schmalen Stickerei um den Kopf verziert,
bedeckte sein kurz verschnittenes Haar, eine Dop=
pelkette von Gold mit großen Gliedern hing nicht
allzu lang auf seinem Brustfleck von Hermelin, auf
welchen der volle Bart, nach der Sitte der Zeit
in zwei Hälften gekämmt, weit hinabfloß. In
einfacher Bürgertracht dagegen, noch immer als

Factor des vorgeblichen Kaufmanns Hildebrand
gekleidet, war auch zu Friedewald Monseigneur
Jean de Fresse, Bischoff von Bayonne, erschienen,
und es machte einen eigenthümlichen Eindruck,
den scheinbaren Bürgersmann zu dem stolzen Fürsten in feuriger, nicht selten scharf zugespitzter
Rede um Bedingungen kämpfen zu sehen, welche
dieser nur im äußersten Falle zugestehen wollte.
Doch konnte ein Menschenkenner in dem scharfge-
schnittenen, geistreichen Gesichte, besonders in den
schwarzen, lebhaften Augen des Fremden lesen,
daß er wenigstens geistig bedeutend sei, wie auch
seine Worte in ihrer feinen Dialektik bekundeten.
Es war wohl nur ein Einziger in der Versammlung, auf den sie ihre Wirkung verfehlte — alle
ihre zugespitzten Pfeile prallten an dem Harnisch
seiner Seelenruhe ab, wie auch die reichlichen
Blumenspenden, an denen sie es dazwischen nicht
fehlen ließ, mit ihrem süßen Duft den klaren
Sinn desselben nicht betäuben konnten. Dieser
Einzige war Moritz von Sachsen. Der ehrliche
Mecklenburger hielt Manches, was der Franzose
darbrachte, für baare Münze; der junge Landgraf von Hessen, dessen glühendster, aus dem
edelsten Beweggrunde entsprungener Wunsch eine
schnelle Entscheidung war, auch Albrecht von

Brandenburg, wie seine kriegslustigen Blicke be-
zeugten, waren schon halb überzeugt, daß nichts
weiter zu thun sei, als nur mit dem Bischofe auf
dessen Bedingungen abzuschließen. Nur Moritz
von Sachsen suchte noch für den Fürstenbund
größere Vortheile zu erkämpfen. Ein feines
Lächeln spielte kaum erkennbar um seine Lippen,
wenn der beredsame Bischof die Lage des Königs
von Frankreich rühmte, wie er überall Frieden
und Ruhe habe, mit England ausgesöhnt sei,
starke Festungen und einen reichgefüllten Schatz
besitze, wie kein Fürst der Christenheit es wagen
werde, ihn zu beleidigen oder gar anzugreifen.
Moritz wußte nur zu gut durch Hans von Het-
deck's Vertraute am französischen Hofe, welche
Spaltungen dort, wie im Lande, vorhanden waren, und daß selbst die schönen Hände Diana's
von Poitiers, der Geliebten des Königs, nicht
müßig waren, Fäden zu spinnen, welche über kurz
oder lang zum blutigsten Bürgerkriege führen
mußten. Noch unverhohlener lächelte er zu des
Prälaten Verdrusse, wenn dieser von der Theilnahme des Königs sprach, die er von jeher der
deutschen Freiheit gewidmet habe, von der Aufrichtigkeit, mit welcher er wünsche, dieselbe aufrecht erhalten zu sehen, und von der Uneigen-

nützigkeit seiner Hülfe, welche er nicht angeboten
habe, sondern welche gesucht worden sei. Die
Uneigennützigkeit französischer Hülfsleistungen haben freilich alle Zeiten richtig zu würdigen gelernt! — In des Bischofs glatten Versicherungen
lag zugleich so viel eitle Selbstüberhebung, daß
sie Moritz nicht gewinnen konnten. Zugleich war
hier eine gefährliche Klippe für den gewandten
Unterhändler, die er aber selbst nicht sah, als er
schon darauf gestrandet saß, es war die gänzliche
Unkenntniß deutscher Zustände, welche den Franzosen eigen ist. Da wurden, als er sich anmaßte,
in weitläufiger Auseinandersetzung darüber abzu-
sprechen, doch auch die schon halb überzeugten anderen Fürsten wieder unruhig, er aber glaubte,
sie seien zu schwerfällig, seinen Schlüssen zu folgen, und begab sich denn auf das praktische Gebiet der Thatsachen und des gegenseitigen Be-
dürfnisses. Hier endlich konnte er sich auch mit
seinem zähen Gegner verständigen, und wenn dieser
noch immer nicht einschlug, so erregte er dadurch
die Ungeduld seiner Verbündeten, welche ohnehin
durch die Schwüle des Tages, die zu den geöff-
neten Fenstern in den Saal hereinströmte, gereizt
war. Draußen nämlich, zur späten Jahreszeit im
October eine ungewöhnliche Seltenheit, hatten

sich Gewitterwolken zusammengezogen — wie für
Deutschland im Saale! — und schon mehrmals,
wenn eine augenblickliche Pause der Ueberlegung
eingetreten, waren die Fürsten durch fernher grol=
lenden Donner aufmerksam gemacht worden. Um
so eher mußte man zu Ende kommen.

„Wir wollen nicht länger zwischen Himmel und
Erde schweben!" rief der junge Landgraf von
Hessen. „Warten wir's länger ab, so wird mein
Vater nach Spanien geschleppt, wie es allen An=
schein hat und wie schon dem Ulrich von Württemberg
zugedacht war, den nur mein Vatter gerettet —
er wird es nun büßen! Auch in Religionssachen
geht es uns an das Gewissen — unsere Gegner
sehen schon den Himmel voller Geigen, ich hoffe
aber, er soll bald voll langer Spieße und Büch=
sen hängen!"

Der Kurfürst machte hierauf dem Bischofe be=
merklich, daß auch seinem Herrn, dem Könige,
große Vortheile aus der Verbindung mit deutschen
Fürsten erwachsen, und letztere nicht allein Hülfe
empfangen würden. Zwischen dem Könige und dem
Kaiser seien die Feindseligkeiten schon ausgebrochen,
die beiderseitigen Gesandten daher abberufen —
sowohl in Mailand, wie in den Niederlanden sei
es zu gewaltsamen Handlungen gekommen, der

König habe dem Kaiser bereits zwei Städte und
feste Schlösser, auch mehr als zehn reichbeladene
Schiffe wegnehmen lassen. Das sei der Friede
nicht, von welchem der Orator gesprochen habe.
Wenn nun der deutsche Fürstenbund gegen den
Kaiser auftrete, werde dieser seine Macht nicht
gegen Frankreich wenden können — es bedürfe
also keines Beweises, daß der König ebensoviele
Vortheile empfange, als biete, daher auch seine
Bedingungen nicht zu hoch zu stellen habe.

„Jeden Augenblick kann mein Herr, der König, seinen Frieden mit dem Kaiser wieder be-
festigen, da der Krieg noch nicht erklärt ist," versetzte der Bischof von Bayonne. „Ja, der Kaiser,
welcher nur allzu gut von den Plänen seiner
Widersacher im Reich unterrichtet ist, wird mit
Freuden seine Hand auf die billigsten Bedingungen zum Frieden mit Frankreich bieten. Wenn
das aber auch nicht der Fall wäre, so würde die
Krone Frankreich keiner Unterstützung von deutschen
Fürsten bedürfen, um jeden Krieg siegreich zu be-
endigen. Sprecht nicht von vergangenen Zeiten,
gnädiger Herr, die Zeiten Franz des Ersten sind
nicht mehr, und ihr Gedächtniß wird ganz Frankreich unter die Waffen rufen. Auch wiegt der
Sieg von Cerisolles das Mißgeschick von Pavia

wohl auf. Wendet der Kaiser seine Waffen gegen den mächtigern Feind, so wird er den Bund
durch augenblickliche Zugeständnisse hinhalten;
gebt dieser darauf nicht ein, nun wohl, dann hat
ihm Frankreich den Gewaltstreich abgelenkt und
er hat leichteres Spiel, also durch Frankreichs
Hülfe den ganzen Vortheil, welchen Frankreich —
ich wiederhole es — nicht bedarf, besonders weil
auch in Ungarn eine mächtige Diversion stattfinden wird, wenn der Sultan den Bruder des
Kaisers dort in seinem noch nicht erkämpften Kö-
nigreiche beschäftigt. Setzt nun aber den Fall,
Frankreich ziehe seine mächtige Hand zurück und
überlasse Euch der eigenen Stärke und — Eintracht, glauben Euer Gnaden, daß nicht mancher
Fürst, auf den Ihr noch rechnet, — von den hier
versammelten erlauchten Herren rede ich nicht! —
schnell seinen Frieden mit dem Kaiser machen
wird? Und hofft Ihr, wenn der Kaiser die ge-
sammte Macht des katholischen Deutschlands und
der ihm treu gebliebenen protestantischen Fürsten,
die Macht von Hispanien, Italien und der Nie-
derlande gegen Euch führt, wirklich auf Sieg?
Ja, ich verhehle es Euer Gnaden nicht, daß der
König, mein Herr, durch die ihm von den Bundesfürsten widerfahrene Täuschung sogar auf des

Kaisers Seite geführt werden könnte, da ohne=
hin einflußreiche Persönlichkeiten in Frankreich ge=
gen diese Schilderhebung für eine fremde Sache
sprechen."

Ein stärkerer Donner, welcher langhallend über
den Himmel rollte, erschreckte die Gemüther bei
der unverstellten Drohung des Bischofs, und die=
ser benutzte den Eindruck zu der Frage an den
allein unerschütterlich kalten Kurfürsten: „Habt
Ihr auch diese Möglichkeit bedacht, gnädiger
Herr?"

Stolz erwiederte Moritz von Sachsen: „Ich
weiß, was ich dem Könige von Frankreich zu
bieten habe, der Preis ist kein geringer, und ich
weiß, daß ich dabei meinen Kurhut, ja daß ich
meine fürstliche Ehre auf das Spiel setze. Be=
dacht habe ich Alles, was ich, so Gott mir ein
langes Leben schenkt, hinauszuführen gedenke. —
Wir haben der Lanzen genug gegen einander zer=
splittert, hochwürdiger Herr," setzte er lächelnd
hinzu, „schlagen wir nun die Visire auf, sehen
uns offen in's Angesicht und kommen zum Ab=
schluß. Ich habe Euch zugestanden, daß wir der
Hülfe des Königs bedürfen, und daß wir sie nicht
ohne Gegenleistung verlangen können, ich habe
die Bedingungen, die Ihr gestellt, bis auf einen

Punkt angenommen — diesen muß ich festhalten. Wohl kann ich ein Stück deutschen Landes als Pfand überlassen, aber niemals auf ewige Zeiten ohne die Möglichkeit jeglicher Einlösung."

Der Bischof sah vor sich nieder, als erwäge er nochmals, was er bisher angefochten hatte. Dann sprach er: „Einmal schon ist das Werk der Einigung gestört worden, ich will, da ich Euch so fest auf Eurer Meinung sehe, für meine Person nicht zum zweiten Male das Aergerniß geben. Bleibt ja doch Alles, das ich etwa bewilligen würde, der Genehmigung meines königlichen Herrn vorbehalten, ohne welche es keine Gültigkeit haben kann. Mit Seiner Majestät deshalb zu verhandeln, stelle ich den erlauchten Herren anheim. Laßt uns denn den Vertrag, wie er schon zu Lochau punktirt worden ist, nochmals verlesen und dann, vorbehaltlich der königlichen Sanction, unterzeichnen."

Der laute Beifall der Fürsten belohnte seine Worte, Moriz von Sachsen aber fühlte seine Brust schwer bedrückt. Konnte er sich darüber täuschen, daß er doch nichts erkämpft habe, als ein leeres Wort? Konnte er glauben, daß der König von Frankreich die schönen Gebiete deutschen Bodens, die ihm heut als Pfand überantwortet

werden sollten, jemals wieder herausgeben, daß
dem ersten Raube, den man ihm freiwillig ge=
stattet, nicht bald mehr folgen würden? Moritz
war selbst zu erfahren, um sich darüber zu verblenden,
und wohl mochte in diesem schweren Augenblicke
ein Schauer der Ahnung durch seine Seele gehen,
wie einst die Geschichte seines deutschen Volkes
über ihn richten werde. Nicht konnte er sich
damit entschuldigen, daß er nur that, was seine
Bundesgenossen wollten. Er war ihr Haupt, in
seine Hand war Alles gelegt — ihn traf der
Segen oder der Fluch allein! Wie dem aber auch
sein mochte, äußerlich verrieth kein Zucken seiner
kalt gesenkten Wimper, keine Veränderung seiner
Mienen, was in ihm vorging, er verfolgte mit
Aufmerksamkeit die Formulirung des Vertrages,
welcher nun seinem wesentlichen Inhalte nach also
lautete:

Zwischen dem Kurfürsten Moritz von Sachsen,
zugleich im Namen seines Mündels, des jungen
Markgrafen Georg Friedrich von Anspach, dem
Herzoge Johann Albrecht von Mecklenburg, dem
Landgrafen Wilhelm von Hessen einerseits und
dem Könige Heinrich dem Zweiten von Frankreich
durch seinen Abgeordneten, den Bischof von
Bayonne, andererseits wird ein Schutz= und Trutz=

bündniß geschlossen. Der König verpflichtet sich
zur Leistung einer Geldhülfe, deren Betrag noch
festgestellt werden soll, da der französische Abgeordnete sich nicht ermächtigt fühlt, in die hohe
Forderung der Fürsten von monatlich 100,000
Kronen zu willigen. Dagegen soll es dem Könige
gestattet sein, wenn er es verlangt, die zum
Reiche gehörigen Städte Metz, Toul, Verdun und
Cambray, in denen nicht deutsch gesprochen wird,
unter Vorbehalt der Reichshoheit als Reichsvicar
zu besetzen und inne zu behalten. Alle Reichsstände sollen zum Beitritt aufgefordert werden,
namentlich die jungen Herzoge von Weimar,
Söhne des gefangenen Kurfürsten Johann Friedrich, welche bis dahin noch nicht zum Entschluß
gekommen, diejenigen aber, welche sich den Verbündeten widersetzen oder auch nur nicht an-
schließen würden, sollten für diese Treulosig-
keit gegen das Vaterland mit Feuer und Schwert
verfolgt werden.

So weit ließen die versammelten Fürsten sich
hinreißen, den Schrecken zum Bundesgenossen gegen deutsche Brüder zu nehmen, um die Schuld,
die sie in ihrem Gewissen wohl bekannten, auf
Alle zu gleichen Theilen zu laden! Ja, es fiel

sogar ein Wort von der Kaiserkrone, die man
dem französischen Könige in Aussicht stellte — —

In diesem Moment flammte plötzlich ein blen-
dender Feuerstrahl aus der dunkeln Wolkennacht,
die sich über dem Schlosse gelagert hatte, durch
den Saal und füllte ihn mit Glut und Licht —
gedankenschnell folgte ihm der schmetternde Wetterschlag, der alle Anwesenden bis in das Mark
erschütterte und völlig der Besinnung beraubte.*)
Selbst Kurfürst Moritz, der zuerst wieder Fassung
gewann, konnte sich eines tiefen Entsetzens nicht
erwehren — war es nicht Gott der Herr selbst,
der hier ein Zeichen gegeben hatte, noch in der
letzten Stunde abzustehen von dem Verrath am
deutschen Volke? Auf allen Gesichtern lag bleiche
Furcht und bange Unentschlossenheit. Ein Wort
und Alles wäre vorüber gewesen!

„Heil uns!" rief da der Bischof von Bayonne,
welcher sich schnell ermannte, da er wohl die
große Gefahr für sein Werk sah. „Der Himmel
ist uns günstig! Der Blitz giebt uns ein Zeichen
der glücklichsten Vorbedeutung — schon die Weisen des Alterthums haben ihn als solches erkannt und gefeiert. Bei den Etruskern gab es

---

*) Geschichtlich.

unter den Priestern besondere Blitzdeuter, fulgu-
ratores, wie die libri fulgurales beweisen; ein
Blitz, der nicht zündet, ein kalter Schlag war
immer als ein günstiges Vorzeichen für jegliche
Unternehmung angesehen! Wir können uns freuen,
daß wir solcher Offenbarung gewürdigt worden
sind!"

Fühlten die Fürsten, die sich von ihrem Schrecken
erholt hatten und dessen schämten, nicht, daß diese
Rede des christlichen Priesters, der seine Trug=
schlüsse aus dem blinden Heidenthum zog, an
Gotteslästerung streifte? Sie gaben sich diesem
Gedanken, der ihnen wohl kommen mußte, nicht
hin; die falsche Scham, daß sie sich durch den
Wetterschlag, als sei er ein Vorbote des Gerichts,
hatten schrecken lassen, war in ihnen zu mächtig.
Der Bischof, als ein gelehrter und heiliger Mann,
mußte es besser wissen, und die Deutung, welche
er aus klassischer Vorzeit dem Naturereignisse gab,
war ihnen höchst willkommen: aus dem Zeichen
des zürnenden Gottes war ein glückverheißendes
Omen geworden. Auch hinderte die Bewegung,
die im ganzen Jagdschlosse herrschte, alle weitere
Ueberlegung — viele Herren des Gefolges stürz=
ten in den Saal, wo es eingeschlagen haben sollte,
und wollten Hülfe bringen oder sich von der

Größe des Unglücks, das der Blitz angerichtet,
überzeugen. Sie fanden die Fürsten unversehrt
und guten Muthes, nun Alles so glücklich vorüber=
gegangen und noch glücklicher ausgelegt worden
war; man untersuchte den Saal und fand nur
vom Fenster her, wo der Strahl eingedrungen
schien, eine in wunderlichen Zacken an der Wand
dahingefahrene Spur zerstörten Getäfels bis zu
einer Gruppe von Jagdspießen, an denen das
Eisen hier und da angeschmolzen war, unter ihnen
zeigte sich der Fußboden in Handbreite durchlöchert,
dort war der Blitz hernieder in die Erde ge=
schlagen.

Nach dieser Untersuchung mahnte der auffor=
dernde Blick des Bischofs von Bayonne den Kur=
fürsten, daß ihr Handel — ein wirklicher Handel
im traurigsten Sinne! — noch immer nicht abge=
schlossen sei, und Moritz wandte sich an den fürst=
lichen Wirth, den jungen Landgrafen von Hessen,
daß er sein Hofgesind, welches, mit den fremden
Herren vom Gefolge herzugeströmt, in Gruppen
lebhaft sprechend mit diesen umherstand, aus dem
Saale entferne. Das geschah denn auch mit we=
nigen Umständen, und die Verhandlung konnte nun
schnell zu Ende geführt werden. Der Vertrag
war Allen bekannt, er wurde unterschrieben und

besiegelt, und der Verrath an Teutschland war
vollbracht, der erste Raub an Deutschland
konnte nach dem Belieben des fremden Machtha=
bers ungehindert geschehen!

Albrecht von Brandenburg=Culmbach übernahm
die weitere Unterhandlung mit dem Könige von
Frankreich, welche ihm von den Bundesfürsten
aufgetragen wurde. Er versprach, baldmöglichst
unter einem angenommenen Namen abzureisen und
sich durch Schärtlin von Burtenbach, der noch
immer geächtet für seine Betheiligung am schmal=
kaldischen Kriege im Auslande lebte, beim Könige
Heinrich einführen zu lassen, um dessen Bestäti=
gung des Vertrages einzuholen und die Zahlung
der monatlichen Hülfsgelder, wie die Stellung
der Hülfstruppen zu verabreden. Französisches
Gold und französische Soldaten: damals, wie
heut!

Die Versammlung trennte sich, nachdem noch=
mals die strengste Geheimhaltung beschlossen und
eingeschärft war. Nur in Chifferschrift, wie bis=
her, sollte von den Bundesgliedern unter einan=
der correspondirt werden, die vorgeblichen Namen,
unter denen bestimmte Personen bezeichnet waren,
wurden beibehalten. So schrieb gleich der Her=

zog von Mecklenburg an den Herzog von Preußen,
welcher um jeden Preis am Bunde festgehalten
werden sollte, wenn auch sein Vetter Hans von
Küstrin nicht zu versöhnen sei: „er müsse ihm
mittheilen, wie sicher man sich bei Hildebrand
(dem Könige von Frankreich) in Betreff der Geld-
subsidien und der Truppenhülfe zu stellen gesucht,
wie eifrig thätig Knebelbart (Schärtlin) und Albrecht von Mandelsheim (Markgraf Albrecht) be-
müht sein würden, Hildebrand zu bewegen, mit
einer Streitmacht von 12—15,000 Mann zu Fuß
und zu Roß in's Feld zu ziehen, und wie alsdann
Dietrich (der Kaiser) im Oberland oder in seinen
Erblanden von allen Seiten her mit einemmal
angegriffen werden solle." — Hans von Heideck
sollte mittlerweile die Versöhnung des Markgrafen Johann, bei welchem er in hohem Ansehen
stand, mit dem Kurfürsten zu bewirken suchen,
zugleich aber auch als Unterhändler die Capitu-
lation von Magdeburg gegen Zusicherung der
Glaubensfreiheit und aller sonstigen Rechte zu
Stande bringen. Es war um so wichtiger, als
Moritz und Albrecht dadurch mit den Streit-
kräften, welche sie vor Magdeburg befehligten,
freie Hand erhielten, da schon Nachricht eingegan-
gen war, daß der Kaiser diese Truppen, sobald

sie anderweit zu verwenden, durch seinen Commissar
Lazarus von Schwendi zu seinem eigenen Dienst
abführen lassen werde, und zwar, wie der Herzog
von Mecklenburg sicher gehört haben wollte, gegen diesen. Denn Kurfürst Moritz hatte sich bis
jetzt gegen den Kaiser noch nichts vergeben, dieser
bewahrte noch immer gegen ihn, der ihm Alles
zu verdanken hatte, das feste Vertrauen und hoffte
von Tag zu Tag ihn zu Augsburg, wo Karl der
Fünfte krank lag, erscheinen zu sehen, um mit ihm
und durch ihn Alles zu schlichten, was ihm am
Herzen lag, nächst der Ordnung im deutschen
Reich vor Allem die Erwählung seines Infanten
Philipp zum römischen Könige durchzusetzen. Der
Kurfürst aber ritt zunächst heim nach Dresden,
während Albrecht von Culmbach, rasch wie er gekommen war, nach Franken zurückeilte, damit
er die Anstalten zu seiner Reise treffen könne.
Auf dieser sollte ihn Niemand, als sein treuer
Wolf Schott, begleiten, den er diesmal zu Hause
gelassen hatte, weil er dessen Ansichten kannte
und keine Vorstellungen mehr hören wollte. Jetzt
war Alles geschehen und Wolf konnte es mit Wor=
.ten nicht rückgängig machen.

An seinen Vetter von Küstrin dachte Albrecht
auch, aber er hatte keine Lust, bei ihm den ge-

ringsten Schritt zu thun, welcher doch immer verloren sein mußte. Wichtiger war es ihm, wie
sein väterlicher Freund, der Herzog von Preußen,
sich jetzt zu dem Bunde stellen werde, weil derselbe nicht deutscher Reichsstand und daher durch
keine Rücksichten gegen den Kaiser gebunden war,
dagegen wegen seiner Lehnsabhängigkeit von Polen mit einiger Behutsamkeit handeln mußte. Er
hatte darum auch, wie Hans von Küstrin, für
bloße Abwehr, also für ein Defensivbündniß gestimmt, und es fragte sich, ob er seine Vollmacht
dem Vetter nehmen und auch den Angriff, der zu
Friedewald beschlossen worden, gut heißen werde.
That er es nicht, so war das Haus Brandenburg
im Bunde eigentlich gar nicht mehr vertreten,
denn der unmündige Georg Friedrich von Anspach,
für welchen der Kurfürst mit getagt, zählte kaum,
und Albrecht von Culmbach stand unverpflichtet
dem Bunde nur bei. Es war aber des Beispiels
und des guten Fortgangs wegen nöthig, daß der
Bund nicht locker werde, und Albrecht mußte
thun, was an ihm lag, um den Herzog von
Preußen wenigstens nicht auch zurücktreten zu
lassen.

Er schrieb daher noch unterwegs an ihn und
unterstützte dadurch die Bestrebungen des Herzogs

von Mecklenburg — ob mit Erfolg, sollte noch eine Weile zweifelhaft bleiben.

Zu Hause erwarteten aber den Markgrafen neue Sorgen, die erbärmlichsten dieser Erdenwelt, Sorgen um Geld. Die Einnahmen seiner Aemter und Zölle, und aus welchen Quellen sie fließen mochten, reichten nicht hin, die Kosten seiner Rüstungen zu decken, das Wartegeld der in Bestrickung genommenen Rittmeister und Hauptleute zu zahlen, den schon geworbenen Knechten ihren Sold richtig zu verabreichen — wie sollten nun die Kosten der Reise nach Frankreich, wenn er dort auch nicht als Fürst erschien, aufgebracht werden? Sein Schatzmeister, welcher nicht Rath geschafft hatte, mußte seinen ganzen Zorn erfahren, und konnte es doch vor der Hand nicht ändern, da alle Versuche, eine Anleihe selbst unter schweren Bedingungen zu Stande zu bringen, gescheitert waren. Ja, wenn die Herren von Nürnberg nicht schon seit hundert Jahren mit dem Hause Brandenburg in allerlei bösen Streithändeln gelegen hätten! —

„Sprecht mir nicht von dem trutzigen Krämervolk!" rief der Markgraf heftig. „Gute Worte geb' ich dem nicht! Es mag sich hüten vor mir, daß ich nicht bald einmal Abrechnung halte!"

So kam er immer wieder auf diesen Gedanken
zurück, und es war sicher, daß er ihn, sobald
sich Gelegenheit fand, zur Ausführung bringen
werde.

Der Kanzler Straß, welcher geschicktere Fi-
nanzpläne zu ersinnen mußte, beschwichtigte den
ungeduldigen Fürsten einigermaßen, doch konnte
die Reise immer noch nicht angetreten werden, und Albrecht zerstreute sich in der Zeit
des Wartens auf seine gewohnte Weise. Wolf
Schott war bereits benachrichtigt worden, daß
er ihn auf einer weiten Wegfahrt begleiten
werde, er hatte aber nicht erfahren, wohin,
ebenso wenig, als er von dem Ergebniß der
letzten Reise nach Hessen in Kenntniß gesetzt
worden war. Der Markgraf scheute sein un-
beugsames Rechtsgefühl. Erst, wenn er die
Grenze von Frankreich überschritten, wollte er
ihm sagen, um was es sich handle. Wolf
ahnte wahrscheinlich schon Alles, wie er es
aus früheren und jetzigen Aeußerungen entnommen hatte, aber Gewißheit fehlte doch noch,
diese wollte er ihm dann geben, und den
Widerspruch damit ein- für allemal zu Boden
schlagen.

Jetzt fiel ihm als erwünschter Zeitvertreib

wieder ein, was er seinem Hofmarschall Rochus von Streitberg versprochen hatte. Die Rückkehr des dicken Herrn, welcher eine Zeitlang auf seinem Schlosse krank gelegen und darum versäumt hatte, seinen Herren bei dessen Ankunft auf der Plassenburg zu begrüßen, erinnerte ihn wieder daran. Im Strudel der politischen Erwägungen hatte er nicht mehr an die Werbung gedacht, die er dem Marschall zugesagt hatte.

„Hat sich noch nichts geändert?" fragte er ihn. „Hält der Fritz fest an der Stange?"

„Mein Sohn hat seine ganze Munterkeit verloren," erwiederte der Vater. „Er vertraut einzig Euer Gnaden, da ein Versuch, den er in eigenmächtiger Anwandlung, ohne mich zu fragen, unternommen hat, ganz und gar fehlgeschlagen ist — ja, ich fürchte, daß er auch den Weg für Euer Gnaden gänzlich verdorben hat."

„Fürchtet für Euch, Rochus! Für mich niemals!" versetzte der Markgraf. Dann wandte er sich an Wolf, der bei dem Gespräche zugegen war, und befahl ihm, Anstalten zu einem Ritte nach Rabenstein zu machen, wo er diesmal mit einem bessern Geleit, als damals, er-

scheinen wolle, so stattlich, als es einem Braut=
werber gezieme.

„Dich möcht' ich eigentlich zu Hause lassen,
Wolf," setzte er hinzu. „Du hast kein Glück —
auch wenn Du nur einer Brautwerbung zugesellt
bist!" Die Anspielung auf die verfehlte Ge=
sandtschaft an den englischen Hof war zu deut=
lich, um mißverstanden zu werden, und Wolf
durfte daher auf dieselbe antworten.

„Ob Glück oder Unglück aus einer Braut=
werbung entsteht, gnädiger Herr, läßt sich durch
das Ja oder Nein des Bescheides noch nicht
sagen. Vielleicht habe ich gerade Glück!"

Albrecht sah ihn lachend an und schlug
ihn auf die Schulter. „Was mich betrifft,
kannst Du recht haben! Für den armen Fritz,
der auf der Streitburg melancholirt, wär'
aber das Nein, wenn's von Dir abhinge, kein
Glück."

„Wollen Euer Gnaden erlauben — bei einer
Brautwerbung sind Zwei zu bedenken!"

„Ha!" lachte der Markgraf kurz auf. „Die
Weiblein wollen alle freien, da ist nichts zu
bedenken. Du bist ein alter Junggesell, wie

ich, Wolf — wir haben nicht d'rein zu reden.
Kannst aber auch für Dich satteln lassen, ich
will's noch einmal mit Dir versuchen. Wir fallen Deinen Ohm zu Zweien an, so kann er uns
nicht bestehen."

Siebentes Kapitel.

Es war ein grauer, unfreundlicher Herbſttag, der Wind aus Abend ſtrich über das Mainthal, und ein feiner, durchdringender Regen fiel ſchon ſeit dem erſten Morgengrauen. Der Markgraf ſtand am Fenſter und blickte in die Landſchaft hinaus, deren Schönheit jetzt durch einen mißfarbigen Schleier verhüllt war. Für einen Ritt, wie er ihn heut für ſich beſchloſſen hatte, kein günſtiger Tag, es hatte überdem nicht Eile, was er betreiben wollte, und konnte ebenſo gut aufgeſchoben werden. Albrecht war aber nicht der Mann, auch in kleinlichen Dingen ſich von einem gefaßten Entſchluſſe abhalten zu laſſen, am wenigſten durch das Wetter. Auch beſchäftigten ihn

ganz andere Gedanken. Es nagte an ihm, daß
er immer und ewig durch die Geldnoth an seinen
kühnsten Entwürfen gehindert werde, und er
fragte sich, ob er nicht ein Thor sei, mitten im
reichsten Lande, umgeben von Nachbarn, die vor
Ueberfluß strotzten, zu darben — Anlaß zur Fehde
hatten sie ihm ja seit Jahren im vollsten Maaße
gegeben, warum schickte er ihnen nicht den Ab-
sagebrief und nahm sich nach Kriegsrecht, was er
bedurfte?

„Künftig, ihr Herren!" sagte er halblaut,
und drehte sich rasch um, denn ihm schien, als
habe er die Thür seines Gemachs öffnen hören. Er
hatte sich nicht getäuscht, an der Schwelle stand
Cunz, der Geier, den er mit auf der Reise nach
dem hessischen Jagdschlosse gehabt, und seitdem,
weil er ein ganz besonderes Wohlgefallen an ihm
fand, zu seinem Leibwächter ernannt hatte. —
„Was willst Du?" fragte er ihn freundlich.

„Ich wollte Euer Gnaden um einen Tag Urlaub bitten," sagte Cunz.

„Wohin, Alter? Ich denke, Du hast weder
Sipp-, noch Freundschaft."

„Wenn Ihr mir's gestattet, möchte ich gern
einmal nachsehen, ob die Frau im Toos sich von
ihrer Wunde erholt hat."

„Haft wohl ihre weiße Schulter noch im Kopf?
Ich glaub's!"

„Gnädiger Herr," antwortete der Trabant,
deſſen dunkles Geſicht ſich noch tiefer färbte, während ſein Auge einen finſtern Blick annahm, „es
liegt mir d'ran zu wiſſen, ob meine Kunſt noch
hilft."

„Recht," ſagte der Markgraf. „Du willſt doch
aber nicht andere Teufelskünſte an der armen
Wittib verſuchen? Nimm Dich in Acht, Geier,
ich laſſe Dich aufknüpfen ohne Erbarmen. —
Kannſt Du nicht auch Schätze graben?"

„O ja," antwortete der Trabant, ſeinen Herrn
feſt anblickend.

Dieſer ſtutzte einen Moment und lachte dann
laut auf, wobei er weiblich fluchte. — „Du biſt
ja der leibhaftige Satan!" rief er aus; bei die-
ſem Wort aber wurde er plötzlich ernſthaft und
warf dem Leibwächter einen wilden und zugleich
ſcheuen Blick zu, welchem dieſer mit eiſerner Fe-
ſtigkeit Stand hielt. Wie er in dem Aberglauben
ſeiner Zeit befangen war — und wer hätte ſich
demſelben zu entziehen vermocht! — ſo überfiel
ihn jetzt die Erinnerung an eine räthſelhafte Erſcheinung, die er mit den beiden ſächſiſchen Fürſten im Frühlinge bei einer vertrauten Zuſammen-

kunft in Dresden gehabt, und es war ihm nicht
unmöglich, daß der böse Feind, welcher damals
eine so liebliche Gestalt angenommen, sich nun
auch in einer andern zu ihm gesellen konnte, um
ihn zu verderben. In diesem Sinne rief er halb
im Ernst, halb im Scherz: „Hebe Dich weg von
mir!" und schlug, seinen Protestantismus vergessend, in welchem er ohnehin wenig fest stand, das
Zeichen des heiligen Kreuzes.

Der Blick des Trabanten verfinsterte sich noch
mehr, wohl mochte er in dem Gebahren des Fürsten eine Verspottung sehen, er nahm die letzten
Worte für einen Befehl und wollte sich lautlos
entfernen. Aber der Markgraf rief ihn zurück und
sagte: „Wenn Du wirklich Schätze ohne Teufelsspuk graben kannst, sollst Du mir werth sein, ich
kann sie brauchen. Davon reden wir ein andermal. Ich gebe Dir Urlaub, nach der schmucken
Frau zu sehen, nur bitte ich mir aus, daß Du
mich nicht etwa verläsfest, um Dich dort in die
Wirthschaft zu setzen! Die Strettart des tobten
Mannes könnte sich sonst einmal Deinen Nacken
aussuchen. Zieh' denn ab, brauchst nicht zu Fuß
zu gehen, nimm Dein Pferd. In drei Tagen bist
Du wieder hier."

Cunz Schott ging ab, und ehe noch der Mark-

graf aus der Plassenburg aufbrach, um der Ein=
gebung seiner Laune zu folgen, sah man schon
den Geier, seinen Leibwächter, hernieder reiten,
Jedermann glaubte, in einer bestimmten Sendung,
zu welcher er oftmals gebraucht wurde. Gleich
nach ihm erschien sein Bruder bei dem Fürsten,
um nach seinen Befehlen zu fragen, da es immer
stärker zu regnen begann. Albrecht aber wollte
von keinem Aufschube wissen und die beiden Käm=
merer, welche er diesmal noch zu seiner Beglei=
tung erkoren hatte, mußten in dem abscheulichen
Wetter wirklich aufsitzen, ihm zu folgen. Meh=
rere Diener ritten hinterdrein. Das stattliche Ge=
leit hatte schon die Vermuthung aufkommen lassen,
es gelte einen Besuch bei einem fürstlichen Nach=
bar, etwa bei dem Rheingrafen in Thann an der
Ulster, oder bei dem jungen Vetter in Anspach,
aber der Markgraf schlug die Straße nach Bay=
reuth ein und ritt nach seiner Gewohnheit dem
Gefolge weit voraus, bis er Wolf an seine Seite
rief. Ihn beschäftigte heut mit unerklärbarer Le=
bendigkeit der wunderbare Vorfall in Dresden,
über welchen die drei Fürsten, denen er geschehen
war, nicht ganz gegen ihre Vertrauten geschwie=
gen hatten, so daß die Erzählung, gewiß vielfach
entstellt, von Mund zu Mund durch Franken und

Sachsen bis nach dem fernen Preußen gegangen war. Dem Herzoge von Preußen hatte sie der Graf Ernst von Henneberg gemeldet, und nach ihm auch der berühmte Kriegsoberst Klaus Berner mit den Worten: „Das ist gewißlich also geschehen, wie mir's dann mein gnädiger Herr, der Herzog August zu Sachsen, hat selbst gesagt." Dieser habe nämlich, so lautete der Bericht, mit seinem Bruder, dem Kurfürsten, und Albrecht von Culmbach ganz allein bei einem vertraulichen Mahle gesessen und über dem Wein die Maßregeln besprochen, die etwa wegen des Interims in Glaubenssachen, welches bei den sächsischen Ständen dem größten Widerstande begegnete, zu treffen seien. Moriß und Albrecht, wie bekannt, dem Interim geneigt, von welchem sie eine Beendigung der Kirchenstreitigkeiten hofften, seien der Meinung gewesen, es müsse durchgeführt werden, und Einer von Beiden — zweifelhaft wer? — habe die Aeußerung über dem Becher, dem Alle sehr fleißig zugesprochen, fallen lassen, er werde das Interim vertheidigen, wenn ihn auch der böse Feind darüber holen solle. Da sei, ohne daß Jemand gewußt, wie sie daher gekommen, plötzlich eine wunderschöne Jungfrau in einem prächtigen grünen Gewande bei ihnen gewesen, die habe sich neben den Markgrafen Albrecht gesetzt. Herzog August, der sie zuerst bemerkt, habe dann seine beiden Gefährten angerufen und ihnen gesagt: sie möchten doch nicht so leichtfertig reden, sondern sich umschauen, wer bei ihnen sei. Der Markgraf sei dann bei dem Anblick der schönen Jungfrau ganz verwundert gewesen, aus dem weiten Aermel ihres Gewandes habe er aber gar häßliche Klauen hervorstarren sehen und daran erkannt, wer bei ihm sitze. Da habe er gerufen: Hinweg mit Dir, Teufel, was hast Du mit uns zu schaffen? Darauf die Jungfrau: Ihr habt mich zweimal gerufen; geschieht's zum dritten, so habe ich euch, ihr seid mein und ich bin euer. Mit welchen Worten sie verschwunden. Kein Wunder bei dem Glauben der Zeit an Spuk aller Art, daß diese Geschichte, als sie verlautete, weder in hohen, noch niederen Kreisen bezweifelt wurde, und daß der Markgraf, dem sie geschehen war — obgleich er ihr vielleicht die natürlichste Erklärung hätte geben können — bei jeder Erinnerung an dieselbe ein unheimliches Grauen empfand. Er rief deshalb auf dem Ritte nach Bayreuth Wolf an seine Seite. — „Was denkst Du von meinem Geier?" fragte er ihn.

Wolf hatte ihn schon in dem Gefolge vermißt,

wo er sonst nicht fehlen durfte, und die Frage, wie ihr Ton, ließ ihn glauben, daß der begün=
stigte Trabant sich durch irgend ein Versehen die Ungnade seines Herrn zugezogen habe.

„Ich halte ihn für einen viel erfahrenen Kriegs=
mann," erwiederte er.

„Das ist er — mag er nun verkappt sein oder nicht!" rief der Markgraf. „Wie gefällt Dir sein Wesen?"

Wolf zögerte einen Moment, er konnte nicht läugnen, daß für ihn das Wesen des Trabanten etwas Abstoßendes hatte, da er sich gegen ihn stets mit einer gewissen Unbotmäßigkeit benahm, selbst wenn er ihm Befehle im Namen des Für=
sten gab. Doch hielt es Wolf seiner trotzigen Kriegsnatur zu gut und dachte zu edel, einer Em=
pfindlichkeit wegen verletzter Autorität Raum zu geben. — „Er ist gegen Viele schroff und rauh, gnädiger Herr," antwortete er auf die Frage des Markgrafen. „Doch glaube ich, daß er Euer Gna=
den treu ist."

„Treu! Vielleicht nur zu treu — er wird gar nicht von mir lassen!" rief der Markgraf halb lustig. „Hast Du sonst nichts bemerkt? Scheint er Dir ein guter Christ zu sein?"

Diese Rede im Munde seines Herrn befrem=

dete Wolf, doch erwiederte er unbedenklich: „Euer
Gnaden legen auf das Bekenntniß Eures Kriegs=
volks, ob katholisch oder protestantisch, keinen
Werth — was Ihr von Verkapptsein spracht, kann
wohl den Cunz nicht treffen, da er sich offen als
einen Katholiken bekennt.‟

„Thut er das, so freut es mich, und ich habe
mich dann geirrt,‟ sagte Albrecht.

„Ich bin aber der Meinung, es könne in an=
derer Hinsicht seine Richtigkeit haben, daß er ver=
kappt ist. Könnte er nicht einer von den Geäch=
teten sein? Er hat nicht das Benehmen eines
gemeinen Knechts, sondern thut oft, als ob er
gewohnt sei, Befehle zu ertheilen, nicht zu
empfangen.‟

„Das wär' schon möglich. Mir will's auch
oft vorkommen, als trüge er den Kopf adelig hoch.
Indessen von den Geächteten ist er wohl nicht,
denn wen hat der Kaiser geächtet, als berühmte
Kriegsobersten der Schmalkaldischen? Diese kenne
ich alle. Bis auf gewöhnliche Hauptleute hat sich
die Acht nicht erstreckt.‟

„Es sind wohl bei früheren Gelegenheiten
deutsche Kriegsleute des Reiches Acht und Aber=
acht verfallen. Der Cunz ist alt genug, um un=
ter Langenmantel's schwarzen Fahnen bei Pavia,

ober mit dem Lautrec vor Neapel mitgekämpft zu
haben. Dann freilich ist er gut kaiserlich gewor=
den, wenn es wahr ist, was er erzählt."

„Damit wär' aber die Acht von ihm genom=
men und er hätte keinen Grund sich zu verstecken,"
erwiederte der Markgraf, der nun wieder auf den
festen Grund und Boden der Wirklichkeit gekom=
men war und sich des sinnverwirrenden Geisterspuks
gern entschlug, wenn er schon an ihn glaubte.
„Ich werde ihn aber einmal scharf befragen, und
dann soll er mir schon die Wahrheit gestehen,
falls er mich belogen hat."

Der Wind und Regen trieb sein Spiel immer
ärger mit den Reitern, und es war freilich vor=
herzusehen, daß sie in wenig empfehlendem Auf=
zuge an das Ziel ihres Rittes gelangen würden.
Dasselbe war zwar keine starke Tagereise entfernt,
und der Markgraf ritt scharf, aber die Wege wa=
ren doch so schlecht, daß man erst spät nach Ra=
benstein gelangen konnte. Dennoch hätte ein Ein=
spruch gewiß nur dahin geführt, daß Albrecht in
einem Zuge bis an das Ziel geritten wäre, seine
Begleiter kannten ihn genau und hüteten sich, ihn
zu reizen — so beliebte es ihm denn aus eige=
nem Antriebe, wenn auch nicht in Bayreuth, wie
sie gehofft hatten, doch in Waischenfeld zu über=

nachten, kaum eine Stunde von Rabenstein ent=
fernt. Er trotzte dadurch dem frühern Bedenken,
das ihn diese Stadt hatte vermeiden lassen.

Am andern Morgen war aber das Wetter noch
ärger. Der Regen goß in Strömen, und die bei=
den Kämmerer baten Wolf um Gottes willen, er
möge doch all' seinen Einfluß aufbieten, um den
Markgrafen wenigstens noch ein Paar Stunden
hier festzuhalten, um Mittag pflege sich zu dieser
Jahreszeit das Wetter zu ändern, und es könne
ja die heutige Versäumniß morgen wieder einge=
holt werden. Sie hatten nämlich keine Ahnung,
wohin der Markgraf zu reisen gedenke, und glaub=
ten, da er Zwei von ihnen mitgenommen hatte,
an eine längere Abwesenheit. Wolf jedoch, der
die Entscheidung, welche ihm das Herz bedrückte,
nicht verzögern wollte, sich auch einer Vorstellung,
nur schlechten Wetters wegen, schämte, lehnte jede
Vermittelung ab, und der Markgraf gab gleich dar=
auf den Befehl zum Satteln. So ging es wie=
der in die Wassersnoth hinaus, und die Waischen=
felder, als es sich im Städtchen verbreitete, wen
sie beherbergt hatten, bedachten erst jetzt, ob es
nicht klug gewesen wäre, sich das besser zu Nutz
zu machen.

Als der kleine Zug, vom Sturm geschüttelt,

vom Regen gepeitscht, sich endlich dem Schlosse Rabenstein näherte, hob sich der Markgraf in den Steigbügeln und sah sich nach seinem Gefolge um, wie ein Jeglicher schief im Sattel, gegen den Wind gestemmt, sich mühte, dem neapolitanischen Hengste, welchen Albrecht ritt, in seiner starken Gangart nur nachzukommen. Es mochte ein kläglicher Anblick sein, denn der Markgraf lachte laut auf und rief seinen Wolf wieder heran.

„Wir sehen nicht aus wie ein fürstlicher Aufzug zur Brautwerbung," sagte er. „Wenn uns die schelmischen Jungfrauen also erblicken, werden sie uns auslachen. Daß wir so Viele sind, macht's noch ärger. Es scheint mir ein bös Anzeichen für meinen Spruch, meinst Du nicht auch —?"

„Das würde es nicht sein," erwiederte Wolf. „Ich habe aber Euer Gnaden, die ja meinen Oheim auch kennt, schon darauf aufmerksam gemacht, daß er nichts thut ohne reifliche Ueberlegung —"

„Und daß er den drei abgeschlagenen Stürmen noch eine vierte Abwehr wird folgen lassen?" rief der Markgraf „Ich glaub's! Aber ich habe mir's auch reiflich überlegt, Herr Schott, und befunden, daß Eure schöne goldlockige Muhme für den Fritz Streitberg ein passendes Gemahl ist, daß sie meinem Hofe zur Zier gereichen wird und,

wenn sie dort haust, auch ihre Schwester, die ich
fast noch liebreizender gefunden, daselbst bei ihr
weilen kann! Solches im Auge, mein tapferer
Wolf, pflege ich nicht gleich zum Abzuge zu bla-
sen, wenn ich auch mein Banner nicht mit der
ersten Leiter auf die feindliche Mauer pflanzen
kann. Schaff' uns jetzt Einlaß — sag' was Du
willst, um meine Ankunft zu erklären. Ich kann
keinen Andern voraussenden, als Dich."

Er hatte während dieser Rede schon seinen
Hengst zu langsamerem Schritte gezügelt, und Wolf
sprengte voraus. Den triefenden Kämmerern ging
damit ein Stern der Hoffnung auf: nur Dach
und Fach und ein trockenes Kämmerlein zum Um-
kleiden; auf den Handpferden, welche die Diener
führten, war ja wohlverpackte Kleidung zum Wech-
seln.

Wolf erlangte an der Schloßbrücke, als er sich
dem Thorwart zu erkennen gab, gleich Einlaß,
hörte aber, daß Herr Balthasar krank sei und
schon seit drei Tagen zu Bett liege. Welche Verlegenheit für Frau Brigitte, besonders wenn Wolf
sich die weiteren Folgen dachte! Gleichwohl, was
war zu thun? Abweisen ließ sich der fürstliche
Besuch nicht, auch wenn statt des Unwetters der
schönste Sonnenschein auf der Landschaft gewesen

wäre! Wolf sprang vom Pferde, dessen Züge
der Thorwart nahm. Er eilte, naß und bespritzt
wie er war, seine Tante aufzusuchen, die er mit
ihren Töchtern im großen Wohnzimmer fand —
sie hatten noch nichts erfahren, daß er angekommen war, und die Ueberraschung wirkte mächtig.
Wie sie sich schnell bei seinem Eintritt erhoben und
die Mutter seinen Namen rief, begegnete doch sein
Auge zuerst — war es nicht natürlich bei dem
Anlaß, der ihn herführte? — dem leuchtenden
Strahle aus Agnes' blauen Augen, und er sah das
liebliche Erröthen, den Ausdruck lichter Freude in
ihren Zügen; sein Herz, das schon höher geschlagen hatte, wurde von einer stürmischen Wallung
erregt — es war der Moment erwachenden Be-
wußtseins! Gewaltsam aber kämpfte er die Sturm-
flut, die in seiner Brust wogte, nieder und seine
männliche Fassung erlag ihr nicht. Er grüßte
Alle mit der alten Freundlichkeit und meldete die
Ankunft seines Herrn, des Markgrafen, wobei er
wissen ließ, daß er von der Krankheit des Oheims,
den der Fürst sprechen wolle, bereits gehört habe.

Frau Brigitte blickte einen Moment fast unwillig, aber bald besann sie sich, daß hier nichts
zu ändern sei, bat den Neffen, seinen Herrn in das
Schloß einzuführen und ihren Gemahl zu entschul-

digen, und ging dann selbst, die schleunigsten Anstalten zu seiner Aufnahme zu treffen. Wolf fragte
noch nach seiner Mutter, hörte, daß sie gesund
und daheim sei, und eilte nun, einen Blick in ihr
Herz thun zu können!

„Ihr habt keinen Sohn?" fragte im Laufe des
Gesprächs der Markgraf seine Wirthin, und als
Frau Brigitte die Frage verneinte, richtete sich
unwillkührlich sein Auge auf Wolf Schott. Dachte
er an die mögliche Erledigung des Lehns, und
daß er in diesem Falle, der, wenn auch nicht jetzt,
doch immer bald eintreten mußte, seinen treuen
Freund mit Rabenstein belehnen könne?

Die Tafel wurde heut spät aufgehoben, und
doch hatte Albrecht dem Becher wenig zugesprochen.
Als die Gesellschaft endlich, nachdem der Fürst
das Zeichen gegeben hatte, aufgestanden war, ver=
schwand Agnes still aus dem Saale, um an das
Bett ihres Vaters zu eilen. Sie fand ihn, als
sie leise die Thür öffnete, allein und schlummernd,
seine Schwester hatte sich entfernt, jedenfalls auf
seinen bestimmt ausgesprochenen Wunsch, wie er
oft darauf bestand, daß man ihn allein lasse, da
er nicht so krank sei, zu jeder Stunde einer Wäch=
terin zu bedürfen. Dann schlief er gewöhnlich
ein und schlummerte meist sehr ruhig und lange.

Agnes näherte sich leise dem Lager, auf welchem
er friedlich ruhte: es wurde schon dämmerig im
Gemach, sie hütete sich aber die Lampe anzuzün=
den, um ihn nicht zu wecken. Mit gefalteten
Händen stand sie und betrachtete sein theures Ant=
litz mit den edlen, heut ach! so tief gefurchten
Zügen; das silberweiße Haar, das er nicht nach
der Sitte der Zeit kurz geschnitten trug, breitete
sich auf dem Kissen unter seinem Haupte aus,
und der Bart ruhte auf seiner ruhig athmenden
Brust — Agnes sank auf ihre Kniee und betete
inbrünstig.

Im Saale, den der Markgraf nicht verließ,
brannten unterdessen schon die Kerzen. Frau Bri=
gitte wäre gern selbst hinauf geeilt, um einmal
nach ihrem Gemahl zu sehen, aber sie durfte sich
der Gesellschaft nicht entziehen, und konnte ja
doch Adelheid, welche der Fürst, nun sich Alles
freier bewegte, in eine lebhafte Unterhaltung ver=
flochten hatte, inmitten der Männer nicht allein
lassen, noch minder abrufen. Ihr Auge bewachte
mit gewohntem Scharfblick, während sie den beiden
Herren vom Hofe, die sich ihr gewidmet hatten,
ihr Ohr lieh, die Gruppe am Fenster, zu welcher
der Markgraf auch Wolf gezogen hatte. Die
Hofleute, welche die Frau vom Hause noch als

Fräulein gekannt und seitdem gelegentlich wiedergesehen hatten, waren von ihrer unvergänglichen
Schönheit, wie sie sich unter einander geäußert,
ganz entzückt, und fanden sie auch im Gespräch
so fesselnd, daß sie wohl keine Ahnung hatten,
wie ihre Seele von einer Besorgniß erfüllt war,
welche sie gar meisterlich unter ihren Worten zu
verbergen verstand.

Da löste sich am Fenster die Gruppe, es war
nicht der Markgraf, welcher den Anlaß dazu gegeben, sondern Adelheid hatte mit natürlichem
Gefühl und einer Leichtigkeit, die einer vielge-
wandten Frau aus den Kreisen des geselligsten
Hofes Ehre gemacht haben würde, eine Gelegenheit benutzt, zurückzutreten und sich zu ihrer Mutter zu begeben. Einen Moment blieb der Markgraf noch stehen und sah mit einem langen und
feurigen Blicke der schönen, schlanken Gestalt nach,
wie sie ruhig durch den Saal ging. Dann wandte
er sich rasch zu Wolf und sagte: „Sie ist die
reizendste Jungfrau, die ich in meinem Leben gesehen habe! Welch' ein Auge, welch' ein Ton der
Stimme! Sie wäre eine Zier für jede Fürsten-
krone!"

Wolf gab auf dies enthusiastische Lob nur

eine kühle Antwort, welche den Markgrafen be=
fremdete.

„Was meinst Du damit? Ist sie des Preisens
etwa nicht werth?" fragte er unwillig. „Oder
hast Du keine Augen für Schönheit? Ich merke
schon, der Mentor sitzt wieder im Sattel. Diesmal
nehme ich es auf mit Dir, Kumpan! — Bei Gott,
ich dulde es nicht, daß Du mir in den Weg
trittst!"

„Gnädiger Herr!" erinnerte Wolf dennoch mit
leiser Stimme an die Umgebung, da der Mark=
graf ziemlich laut gesprochen hatte. Albrecht sah
sich flüchtig nach den Anderen um und er=
wiederte:

„Du hast auch gar keine Ursache — wie könn=
ten mir leichtfertige Gedanken kommen, dieser
schönen Heiligen gegenüber! Doch nein, ich will
sie keine kalte Heilige nennen, sie ist gemacht, den
kühnsten Mann mit irdischer Liebe zu beglücken!
— Sie verläßt uns, schau! Ihre Schwester, die
Braut, seh' ich auch nicht mehr im Saale. Jetzt
ist der Zeitpunkt, Wolf, mit der Frau Mutter zu
reden. Nimm die Andern hinweg!"

Adelheid hatte den Saal verlassen, ohne sich
von dem Fürsten zu verabschieden — sie wußte
nicht, ob die Sitte das verlangte. Die Mutter

hatte ihr nichts gesagt, nur an dem Wink ihrer Augen hatte sie dieselbe verstanden. Sie zog sich zurück, um nicht wieder zu erscheinen, wie Agnes auch.

Der Markgraf nahte jetzt der Frau von Rabenstein, welche noch in der Unterhaltung mit seinen Hofleuten begriffen war. Diese traten beiseit und wußten bald, auch, ohne Wolf's Bemühung, daß sie nicht stören sollten. Sie zogen sich also mit Unbefangenheit aus der Nähe, betrachteten die Waffenstücke und was ihnen sonst der Saal Sehenswürdiges bot, ließen sich von Wolf Schott Manches erklären und gaben ihrem Herrn dadurch volle Freiheit in seinem Gespräch mit der schönen Frau.

Dies währte ziemlich lange und schien für beide Theile anziehend zu sein; Wolf beobachtete, so weit es unbemerkt von seinen Gefährten geschehen konnte, die Züge seiner Tante, um aus ihnen wahrzunehmen, welchen Eindruck die Eröffnung des Markgrafen, die er für unbestritten hielt, auf sie mache. Aber er sah nur dieselbe freundliche Ruhe, zuweilen ein Lächeln und einen Aufblick, wie er Beides an ihr gewohnt war, kein Zeichen der Unruhe oder Befremdung. Und das bis zu dem Moment, wo sie dem Markgrafen eine

tiefe Verneigung machte und sich von ihm trennte.
Auch von den beiden Edelleuten verabschiedete sie
sich nun mit der Entschuldigung, welche sie schon
gegen den Fürsten ausgesprochen hatte, daß ihre
Sorge sie zu ihrem kranken Herrn rufe und es
daher ihrem Vetter überlassen müsse, sie bei ihren
Gästen zu vertreten. Sie sagte in dieser Beziehung
noch zu Wolf ein Paar Worte und entfernte sich dann
ohne alle Verlegenheit. Der Markgraf brach sogleich
in ihr Lob aus, und seine Begleiter stimmten
lebhaft in dasselbe ein.

Was war nun zu thun für den Rest des
Tages? Das trübe Regenwetter hatte die Dunkelheit früh einbrechen lassen, und es lagen noch
viele Stunden vor den Gästen, ehe sie mit dem
Nachttrunk zur Ruhe gehen konnten. Daß der
Markgraf unter den Verhältnissen, welche sie hier
getroffen, an keinen Aufbruch dachte, um etwa
wieder in Waischenfeld zu übernachten, gereichte
seinen Hofleuten zur großen Beruhigung; sie
machten sich auf ein Spiel gefaßt, das er sonst
zum Zeitvertreib liebte und gewöhnlich bei seiner
verwegenen Herausforderung des Glückes mit star-
kem Verlust büßte. Indessen schien er dazu heut
nicht aufgelegt, er setzte sich an das flackernde
Feuer, welches auf Wolf's Befehl im Kamin an=

gezündet worden war, und sprach mit seinen Edelleuten von nah liegenden Dingen, fragte nach
Manchem, sie selbst und ihre Familien betreffend,
was ihn sonst wenig gekümmert hatte, und erzählte wohl auch, wo sich Anknüpfungspunkte boten, Begebenheiten aus seinem eigenen reichen
Leben. Sie hatten ihn in dieser behaglichen
Stimmung noch nie gesehen.

„Hat es nicht ein Vasall, wie hier der alte
Balthasar, weit besser, als sein Lehnsherr?" rief
er auf einmal. „Vorausgesetzt, daß er nicht krank
darnieder liegt, wie heut unser edler Wirth. Er
befiehlt unumschränkt auf seinem Grund und Boden, keiner seiner Hintersassen und Bauern wird
ihm Widerstand leisten oder Gefälle verweigern —
wie es dem Lehnsherrn nur allzu oft von seinen
hartköpfigen Ständen geschieht. Er darf sich keine
Sorgen machen um Aufrechthaltung seiner Macht,
um Tractate und Praktiken mit Kaiser und Königen
— hat er ein braves Weib und gute Kinder, so
lebt er glücklich und zufrieden, und lacht seinen
Herrn aus, der sich in der Welt herumschlägt und
seines Lebens nicht froh wird"! — Die Zuhörer trau-
ten ihren Sinnen kaum. War das der wilde
Markgraf Albrecht, welcher die Ruhe und den
Frieden mehr haßte, als die Pest? Oder wollte er

nur seinen Spott mit ihnen treiben, daß er so
spießbürgerlich sprach? Fast schien es so, denn er
lachte plötzlich auf und schüttelte sich.

„Der Balthasar hat keinen Sohn, Wolf,"
wandte er sich mit verändertem Tone an diesen.
„Wenn er stirbt, fällt das Lehen heim — oder
sind noch im Bambergischen Gauerben? Mir ist
so, als hätte ich davon gehört."

„Gott wolle meinen Oheim den Seinigen noch
lange erhalten!" sagte Wolf. „Sie müssen freilich Schloß Rabenstein verlassen, wenn er stirbt,
mag es nun als heimgefallenes Lehen an Euer
Gnaden, oder durch Berechtigung, was ich nicht
weiß, als Erblehn an die andere Linie kommen.
Doch wird mein Oheim, weil es doch einmal eintreten muß, jedenfalls für seine Hinterbleibenden
gesorgt haben."

„Du siehst, wie nöthig es ist, daß die Fräulein noch bei seinen Lebzeiten eine sichere Statt
gewinnen!" rief der Markgraf — als er aber
Wolf's bittenden Blick sah, brach er ab, und ging
wieder auf andere Dinge über.

Wolf stand endlich auf und bat um Erlaubniß, sich nach dem Kranken erkundigen zu dürfen, zu welchem ihm Frau Brigitte den Zutritt
sanft, aber entschieden verweigert hatte. Er suchte

die Tante in dem gewohnten Zimmer zu ebener
Erde auf, wo immer Alle, die nicht anderweit
beschäftigt waren, zusammen saßen; dort fand
er aber Niemand, eine einzige traurige Kerze
brannte mit langem Docht in dem großen Raume
und machte ihn unheimlich. Als er sich wieder
entfernen und Jemand vom Gesinde aufsuchen
wollte, trat ihm Agnes, von Außen kommend,
rasch entgegen. Sie erschrack sich ein wenig vor
ihm, schämte sich aber ihres leichten Aufschreis,
und gab ihm gleich, ohne seine Frage abzuwar-
ten, Bescheid über den Vater: ihr Herz war
so voll!

„Gott sei ewig gepriesen! Es geht gut!"
rief sie, und ihr Auge leuchtete vor Freude.

Er dankte Gott, wie sie. „Das lag Dir
wohl so schwer auf der Brust, nicht wahr, Agnes?
daß Du kaum auf mich hörtest, wenn ich mit Dir
sprach?" fragte er dann.

Sie senkte ihr Auge zu Boden, und er konnte
bei dem Dämmerlicht, welches die eine Kerze nur
verbreitete, den Ausdruck ihrer Züge nicht
recht erkennen. „Ja wohl war mir's leid,"
flüsterte sie.

„Oder hast Du sonst ein anderes Leid? Schau,
mir ist es so fremd an Dir, daß es mir weh

13*

thut, Dich nicht so fröhlich zu sehen, wie Du immer bist! Sagst Du mir's, Agnes?"

Sie wollte antworten, aber er verstand nicht, was ihre Lippen bewegte — vielleicht wußte sie es selbst nicht recht.

„Vertrau mir nur immer, Agnes! Kannst Du mir's jetzt nicht sagen, so kommt wohl einst die Stunde. Du hast keinen treuern Freund, als mich! Willst Du immer Vertrauen zu mir haben?" Er ergriff ihre kleine Hand, die in der seinigen bebte, aber sich ihm nicht entzog. Sie hob auch ihr Auge zu ihm mit einem innigen Blicke, aber plötzlich von Thränen verdunkelt sank es wieder zur Erde, und sie wandte sich ab. Er war jetzt auch keines Wortes mächtig, aber er hielt ihre Hand fest, und stand so einen kurzen Augenblick stumm vor ihr, bis er sich gefaßt hatte, und sprach:

„Wie auch Alles kommen möge, meine Agnes, baue fest auf mich — und was Dich kränkt oder freut, vertraue mir!"

„Ich will es, Wolf," hörte er sie kaum vernehmbar sagen, dann zog sie ihre Hand aus der seinigen, und in demselben Momente trat Wolf's Mutter ein, sie trug eine Kerze, und das Licht fiel auf ihre schwarze, hohe Gestalt und ihr blaſſes Antlitz, eine wahrhaft düſtere Erſcheinung. Als ſie Wolf hier erblickte, fragte ſie verwundert und ſcharf: „Wo iſt Dein Herr?"

Er gab Antwort, daß der Markgraf im Schloſſe übernachten werde, ihm aber erlaubt habe, ſich nach dem Befinden des Oheims zu erkundigen, an welchem der Fürſt wahrhaften Antheil nehme.

Ein bitteres Lächeln zuckte um Judith's ſchmale Lippen. „Er hat ein zärtlich Gemüth, ich glaube Dir," erwiederte ſie. „Uebernachten will er auf Rabenſtein? Weiß mein Bruder davon?"

„Gewiß! Und würde er ſeinem Lehnsherrn die Gaſtfreundſchaft verſagen?" entgegnete Wolf.

Sie ſchwieg, ſtellte die Kerze auf den Tiſch und ſetzte ſich. Ihr Auge fiel auf Agnes. — „Was haſt Du, Kind?" fragte ſie milder. „Du ſchauſt mich an, als hätteſt Du mir etwas zu ſagen."

„O, ich bin ſo froh, daß es dem Vater gut geht zur Nacht!" erwiederte Agnes.

Frau Schott blickte ſie mitleidig an. „Du armes Kind!" ſagte ſie, und wieder zu Wolf ſich kehrend, änderte ſich auch gleich ihre Stimme. „Bringe Deinem Herrn denn die Kunde, Du haſt ſie gehört."

„Gute Nacht, Mutter!" ſprach Wolf mit

innigem Tone. Aber es war vergebens, dieser
Ton weckte keinen verwandten Klang, daß er ihn
vernommen hätte, und er trug Agnes noch auf,
seine Wünsche ihrer Mutter zu sagen. Dann
kehrte er in den Saal zu seinem Herrn zurück.

Achtes Kapitel.

———

Der Sturm hatte sich gelegt, welcher bisher
um die Mauern und Zinnen von Rabenstein ge-
tobt hatte, auch der Regen schien nachgelassen zu
haben. Viel früher, als Markgraf Albrecht sonst
die Nachtruhe zu suchen pflegte, hatte er die
Kämmerer entlassen, und nur Wolf Schott aufgefordert, ihn nach seinem Zimmer zu begleiten,
wo die Diener auf ihn warteten, ihn zu entklei-
den. Das geschah in aller Eile. Wolf sah, daß
sein Herr noch mit ihm zu sprechen hatte, und
auch er war gespannt darauf.

„Wie ist das Wetter?" war die letzte hastige
Frage, welche der Markgraf an seine Leute richtete, und als sie ihm sagten, daß es besser ge-

worden fei und morgen wahrfcheinlich ein fchöner
Tag kommen werde, nickte er blos mit dem Kopfe,
gab aber nicht, wie fie erwartet hatten, Befehle
zum Aufbruch.

„Ich habe mein Wort noch nicht angebracht,
Wolf," fagte er, als er mit diefem allein war.
„Vielleicht kann ich morgen doch den alten Bal=
thafar fprechen, wenn es mit ihm fo gut geht."

„Ob das aber möglich fein wird, gnädiger
Herr?" entgegnete Wolf. — „Er ift doch immer
noch krank, und eine Gemüthsaufregung, wie fie
nicht zu vermeiden wäre —"

„Sei ftill! Er ift ein Mann!" unterbrach ihn
der Fürft, welcher felten Jemand ausreden ließ,
wenn diefer ihm Vorftellungen machen wollte. —
„Und wär's auch nicht möglich, fo muß ich mit
feiner Frau reden — ich will nicht umfonft hier
gewefen fein. Das Fräulein ift hübfch — und
ich gönne fie dem Fritz, aber ich begreife ihn
nicht!"

Er ging ein paarmal fchweigend im Zimmer
auf und ab, dann blieb er vor Wolf ftehen und
fagte mit einem heftigen Tone: „Was follen diefe
forglichen Blicke, Ritter Schott? Bin ich ein
zweijähriges Kind, und Ihr die Amme, daß Ihr
mich fo behüten müßt? Ich fage Euch, daß meine

Geduld kurz zu werden beginnt — hat sie Euch bisher verwöhnt, so nehmt Euch in Acht, daß wir nicht einmal brechen."

„Gnädiger Herr," antwortete Wolf, von diesem plötzlichen Ausfall unbeschreiblich überrascht, „ich bin mir nicht bewußt, Euren Unwillen verdient zu haben."

„Stehst Du nicht da wie ein eifriger Pfaff auf der Kanzel, bereit, mir meine sündlichen Stunden vorzuhalten? Was bewachst Du mein Gesicht, als wolltest Du darin meine Gedanken lesen, ob sie auch auf der richtigen Straße bleiben? Ich habe das satt, Wolf, laß es Dir gesagt sein. Vergiß nicht, wer ich bin! Wir könnten einmal brechen."

„Ihr seid mein Herr, und ich bin Euer Diener, das werde ich nie vergessen. Wenn mir aber meines Herrn Friede und seine Ehre am Herzen liegt —"

„Meine Ehre?" fuhr der Markgraf auf. „Wagst Du, mir zu sagen, daß ich meine Ehre schänden könnte? Hinweg mit Dir, frecher Geſell! Ich mag Dich nicht mehr sehen!"

Wolf hatte bei der heftigen Gemüthsart seines Herrn wohl oft schon von ihm Ungebühr erdulden müssen, aber in dieser Weise hatte er noch nie

zu ihm gesprochen, und es mochte wohl das
eigene, unsichere Bewußtsein ihn so gereizt haben.
Das Blut des treuen Mannes empörte sich aber
nun auch, und er verließ das Gemach, ohne ein
Wort zu entgegnen. Bei früheren Gelegenheiten
hatte sich Markgraf Albrecht, weil er ihn lieb
hatte, immer schnell, oft auf der Stelle besonnen
und wieder gut gemacht, was er im Zorne gesprochen, diesmal rief er ihn aber nicht zurück,
sondern wandte sich nach dem Fenster, bis er
hinaus war. Dann setzte er seine Wanderung
durch das Zimmer fort, und der Diener, der sein
Lager vor der Thür aufgeschlagen hatte, hörte
noch lange zu seiner Verwunderung den rastlosen Schritt des Fürsten, jeden Augenblick gewärtig, daß er ihn rufen werde. Endlich wurde
es jedoch still, und das letzte Licht auf der Burg,
das noch hell über das Felsenthal hinaus geleuchtet hatte, erlosch. Nur in dem Krankenzimmer des
Schloßherrn brannte noch eine verdeckte Lampe,
und bei ihm wachte sein treues Weib, obgleich
sie, um ihn zu besänftigen, ihr Bett gesucht hatte,
und ganz ruhig lag, als schlummere sie süß und
ohne Sorgen.

Dem stürmischen Regentage und der stillen
Nacht darauf folgte ein klarer Morgen. Die

Sichel des Mondes stand hoch am Himmel, der
Morgenstern funkelte noch; im Osten aber wallte
hinter den letzten Wolkenstreifen, die sich dort verhalten hatten, ein Meer von leuchtender Glut.
Bald schoß die Sonne ihren ersten Strahlenpfeil
über die Hochfläche und versprach den schönsten
Tag. Im Schlosse Rabenstein regte sich nun
auch Leben; der Markgraf war sehr früh erwacht,
hatte sein Zimmer verlassen und einen Rundgang
innerhalb der Mauern gemacht, nur von dem
Thorwart begleitet, den er getroffen hatte. Dieser war mit ihm auf die Zinne gestiegen, wie er
verlangt, und hatte ihm von der Belagerung im
Bauernkriege erzählen müssen, der letzten, welche
die Feste ausgehalten hatte. „Schade, daß Dein
Herr keinen Sohn hat, dem er das schöne Haus
vererben kann!" sagte Albrecht.

„Ja, gnädigster Herr Markgraf! Wir sagen
oft, wenn doch eins von den Fräulein ein Junker
wäre — nun kommen wir in fremde Hand," erwiederte der Thorwart.

„Und welche, meinst Du, könnte wohl ein
streitbarer Knabe geworden sein?"

Der Thorwart, da er den Fürsten so scherzhaft
sah, nannte unbedenklich Fräulein Agnes, die
Jüngste, die sei tapfer und fröhlich, wie ein Jun-

ler nur sein könne — die Aelteste aber, die habe
ein zu weiches Herz, sei aber auch so lieb und
gut, daß Jeder im Schloß für sie sein Leben
ließe.

Albrecht wollte noch eine Frage thun, wozu
er schon angesetzt, aber er unterdrückte sie und
sagte nur sein gewohntes: „Schon recht!" — Dann
warf er leicht hin, daß er heut doch wohl Herrn
Balthasar werde sprechen können, wozu aber der
Thorwart die Achseln zuckte. „Es ist ein Bote
von der gestrengen Frau nach Bayreuth geschickt
worden," sagte er. „Sie versteht es zwar selber
und hat manchem armen Mann und mancher Frau
vom Gesind oder von den Bauersleuten schon ge-
holfen, aber doch will sie um den Herrn lieber
den Arzt fragen."

Der Markgraf gab dem Alten ein reiches Ge-
schenk und ließ sich von ihm jetzt in den großen
Saal führen, wo er Wolf Schott und die Anderen
schon traf. Er warf einen schnellen Blick auf
Wolf, dessen Gesicht, ruhig wie immer, keine Spur
der gestern erlittenen Kränkung zeigte; wohl aber
entgingen Wolf die Zeichen nicht, daß sein Herr
eine böse Nacht durchlebt hatte, was er freilich
fern davon war, auf jenen Vorfall zu beziehen.
Er traf, da ihm auch für den heutigen Tag die

Vertretung des Hausherrn übertragen war, An=
stalten, daß das Frühmahl ohne Verzug vorgesetzt
werde.

„Haft Du Nachrichten von Deinem Oheim?"
fragte der Markgraf.

„Ich fürchte, er ist heut kränker als gestern"
— antwortete Wolf.

„Frau von Rabenstein hat nach Bayreuth zum
Arzt geschickt, ich weiß," sagte der Markgraf.
„Die Aerzte taugen nur alle nichts. Da lob'
ich mir meinen Geier, der kann doch wenigstens
ein Uebel versprechen."

„Euer Gnaden sind aber doch selbst von dem
alten Magenbucher aus Nürnberg geheilt worden,"
bemerkte einer der Kämmerer.

„Meine gute Natur! Hat er sich etwa heilen
können, als ihn dieselbe Krankheit befiel, von der
er mich gerettet haben soll? — Haft Du Deine
Base gesprochen, Wolf?"

„Ja, gnädiger Herr," antwortete dieser. „Sie
läßt sich bei Euer Gnaden entschuldigen, daß sie
heut bei der Tafel und sonst nicht die Ehre ha=
ben kann, Euch aufzuwarten."

Eine Wolke des Unmuths flog über Albrecht's
Stirn, und sein Auge, das von der üblen Nacht
tiefer lag, nahm eine flackernde Glut an. — „So

schlecht steht es doch nicht!" rief er. „Sage Dei=
ner Base, Albrecht von Culmbach würde es sich
zur besondern Gunst schätzen, wenn er auch heut
die Gesellschaft der edlen Frau und ihrer Töchter
genießen könne — müsse aber Frau Schott, ihre
Schwieger, welche gestern den Kranken behütet,
durchaus einen Beistand haben, so dürfe ja nur
die tapferste der beiden Jungfrauen, die Jüngste,
wie ich mir habe sagen lassen, bei ihr bleiben,
warum Alle?"

Wolf war von dieser Rede, besonders von der
Bezeichnung für Agnes, deren Grund er nicht
kannte, unangenehm betroffen, fast klang sie ihm
wie ein Hohn, doch ließ er den Eindruck nicht
merken, sondern erklärte nur, daß er den Wunsch
Seiner Gnaden bestellen werde, und schickte sich
an, den Fürsten bei dem mittlerweile aufgetrage=
nen Frühmahl zu bedienen.

„Ich möchte gern gleich Gewißheit haben,"
sagte aber der Markgraf, und als Wolf sich die=
sem Befehl fügte, setzte er hinzu: „Mein Aufbruch
wird sich danach richten. In einem Sterbehause
kann ich nur lästig fallen — sag' also Deiner
Base, wenn es ihr durchaus nicht möglich scheint,
bei uns zu weilen, daß ich sie jedenfalls sprechen

müſſe, ehe ich abreite, und ſie nur beſtimmen möge,
wann?"

Von Neuem verletzt von der Aeußerung, welche
durch den gereizten Ton noch verſchärft wurde,
verließ Wolf den Saal, um Frau Brigitten auf-
zuſuchen. Er hoffte, daß ſie auch den letzten, faſt
wie ein Befehl klingenden Wunſch des Fürſten
abſchlagen werde, was konnte ihr der Zorn deſſel-
ben ſchaden? Es war ja ein Glück, wenn Albrecht Alcibiades nie wieder auf Schloß Rabenſtein erſchien!

Frau Brigitte war bei ihrem Gemahl, Agnes
mit ihr. Adelheid, welche dem Vetter begegnete,
ſagte ihm das und bat ihn, als er von ſeinem
Auftrage ſprach, dem Markgrafen vorzuſtellen, wie
die Mutter in ihrer Betrübniß nicht fähig ſei,
ihm zu gehorchen — ſie ſagte das ſelbſt unter
Thränen, und Wolf tröſtete ſie, ſoviel er konnte:
gewiß ſei die große Beſorgniß um den Vater nicht
gerechtfertigt, bald werde ja der Arzt hier ſein
und ſie beruhigen.

„Wir hofften geſtern, wir waren ſo glücklich!"
klagte Adelheid, der es wohl that, ſich ausſprechen
zu können. Es gelang Wolf, ihr wieder Vertrauen zu geben, ſie richtete ihr ſchönes, dunkles
Auge ſo dankbar auf ihn!

„Und daß auch der Markgraf hier so Trau=
riges erleben muß!" sagte sie. „Er sprach so gü=
tig vom Vater — wie leid mag es ihm thun!"

Wolf that nichts, dies gute Zutrauen zu ent=
kräften, obwohl er dazu Verlangen fühlte, es wäre
vielleicht heilsam gewesen, der scharfe Schnitt ei=
nes Arztes zu rechter Zeit. Da erinnerte sie sich,
daß Frau Judith ihr aufgetragen hatte, den Vet=
ter, wenn sie ihn sehen sollte, zu ihr zu entbieten.
Wolf war überrascht — das hatte sie noch nie ge=
than, er hatte immer darum bitten müssen, sie
nur gewährt! Ohne auf die Verzögerung Rück=
sicht zu nehmen, welche seine Antwort an den Mark=
grafen erlitte, folgte er augenblicklich dem Wunsch
seiner Mutter, und dankte Adelheid so herzlich,
daß sie ihn freudig ansah. — „Wird sie denn
nun versöhnt werden?" fragte sie. „O, wenn sie es
nur einmal über sich gewinnen könnte, den edlen
Herrn selbst zu sehen, wie fürstlich und großmü=
thig er ist, sie würde Dich segnen, Wolf, daß Du
ihm so treulich dienst. Stelle ihr das nur vor,
Wolf — ich möchte es wohl thun, aber ich wage
es nicht."

Er reichte ihr stumm die Hand, es that seinem
Herzen weh, das ahnungslose Mädchen in dieser
Weise reden zu hören — aber er konnte ja auch

nichts thun, sie zu warnen! Bald, hoffte er, sollte
die Gefahr vorüber sein, der gefährliche Eindruck
allmälig erblassen! Wie lieb war ihm nun die
Reise, welche wochen-, oder monatelang dauern
konnte; höhere Gedanken, vielleicht ein Krieg, für
den er rüstete, nahmen Albrecht's Seele in Anspruch und hielten sie ab, ihr Spiel mit dem Frieden eines unschuldigen Herzens, mit dem Glücke
eines edlen Hauses zu treiben. In solcher Betrachtung einigermaßen beruhigt, klopfte er an die
Thür seiner Mutter.

Sie hatte auf seinen Tritt gelauscht — ihre
Stimme rief ihn herein. „Komm her, Wolf," sagte
sie von ihrem Stuhle am Fenster. „Setze Dich
zu mir. Ich bin matt, habe wenig schlafen können vor Sorge. Es steht schlecht um Deinen
Oheim."

„Das wolle Gott verhüten!" rief Wolf, indem
er ihrer Aufforderung gehorchte.

„Amen!" erwiederte sie. „Aber ich hoffe
nichts mehr und muß denn bedenken, was dann
geschehen soll. Brigitte kann noch nicht daran
glauben und will nichts davon hören, sie denkt,
weil sie so glücklich gewesen ihr Lebelang, muß
es immer so bleiben. Es faßt aber Jeden einmal, und wenn zwei Eheleute sich noch so lieb

haben, Eins stirbt doch zuerst, glücklich, wenn's nicht auf schreckliche Weise geschieht! — "

Der Sohn verstand die Richtung ihrer Gedanken, während sie, kurz abbrechend, in die sonnige Herbstlandschaft hinausstarrte, und suchte sie wieder auf die Gegenwart zu lenken!

„Sollte Gott es also verhängen, wie Ihr fürchtet, Mutter, so wird doch der Oheim schon für die Zukunft gesorgt haben," sprach er. „Wenn auch Rabenstein Mannlehn ist, kann vielleicht Alles sich fügen, daß sie nicht den Ort, den sie so lieb haben, zu verlassen brauchen. Und Ihr, meine geliebte Mutter, findet offene Arme bei unsern Verwandten, wo Ihr ja gern und oft seid. Doch wollen wir dies Unglück noch nicht fürchten."

Sie schwieg noch immer. Nur die Erinnerung an ihren öftern Aufenthalt bei den Dorneggern zog ihren Blick wieder auf den Sohn, und sie fragte: „Hast Du den Brief, den ich Dir im Sommer vom Kohlstein hieher schickte, wirklich nicht bekommen?"

„Wie sollt' ich?" antwortete er. „Ihr wißt, daß ihn der Bube des Oheims Sebald unterwegs verloren hat."

„Und kein Mensch hat ihn gefunden!" sagte sie. „Ob das auch gewiß ist?"

„Wer sollte ihn gefunden haben, der ihn nicht hergebracht hätte, da überall danach gefragt worden ist? Und wenn auch, was hätte es viel auf sich? Ein Bauersmann hat ihn nicht lesen können, und es hat doch nur darin gestanden, daß Ihr nicht zurückkamt." — Sie nickte ihm zu. Davon hatte sie aber wohl nicht mit ihm reden wollen, es konnte immer nur die Krankheit ihres Bruders und deren mögliche Folgen sein, für sie eine Trennung von ihrer Schwägerin, weshalb sie ihn hatte rufen lassen.

„Wolf," begann sie plötzlich in einem beinahe feierlichen Tone, „hast Du wohl einmal an Deinen Bruder gedacht, an Deinen Bruder Conrad?"

Er war durch diese Frage, auf welche er so gar nicht vorbereitet war, betroffen. — „Ich habe meinen Bruder nicht gekannt," erwiederte er mild. „Wenn ich aber an ihn gedacht habe, ist es mit dem Wunsche gewesen, daß es ihm in der Fremde wohl gehen möge — vielleicht, wenn er noch lebt, kehrt er einmal heim."

„Du hast ihn nicht gekannt und hast Deinen Vater nicht gekannt, mein armer Sohn — ich weiß es wohl. Du würdest Deinen Bruder nicht erkennen, auch wenn er heimkehrte und täglich mit Dir unter einem Dache wohnte. — — Giebt er

14*

sich Dir aber einmal zu erkennen, dann sei ihm
ein Bruder, sei gütig gegen ihn und hilf ihm,
wo Du kannst, versprich mir das."

„Mutter, was ist Euch?" rief Wolf ergriffen.

„Du hast ja mit dem Armen unter einem
Herzen gelegen, ein Blut fließt in euren Adern —
verlaß ihn nicht!"

„Ist er denn heimgekehrt, Mutter? Ihr weint!
O sagt mir, wo ich ihn finde!" rief Wolf und
neigte sich liebevoll zu der erschütterten Frau, deren Seelenkraft endlich gebrochen schien. Sie
aber wies ihn zurück und trocknete hastig ihre
Thränen.

„Ich bin so schwach, zum Schämen!" sagte
sie. „Es macht die schwere Krankheit meines
Bruders, die Alles in mir wach ruft, was ich
vergessen möchte. Du hast mir nicht versprochen,
Wolf, um was ich Dich bat!"

„Bedarf es eines Versprechens?" entgegnete
er. „O daß mein Bruder Conrad heimkehrte, daß
ich ihn zu Euch führen könnte! Ich wollte ihm
mein Lebelang ein treuer Bruder sein! — Aber,
meine Mutter, ist wohl noch Hoffnung dazu, seit
so langer, langer Zeit?"

„Ist sie Dir lang? Mir wie gestern!" sagte
Frau Judith mit erkräftigtem Tone. „Du gehst

nun auf eine weite Reise, wer weiß, was sich
während Deiner Abwesenheit hier ereignet, und
ob wir uns wiedersehen — ich mußte Dir das
noch sagen, denn es fügt sich oft wunderbar.
Zieh' denn mit Gott!"

Er nahm Abschied von ihr und es war wie=
der die kalte Weise, die ihn oft schwer betrübt
hatte, mit welcher sie ihn entließ. Konnte er denn
aber von Rabenstein jetzt scheiden, wo eines Man=
nes Hülfe und Rath gewiß recht nöthig war?
Er mußte hier bleiben, sein Herr konnte ihm die
Erlaubniß dazu nicht abschlagen.

Der Markgraf hörte die Nachricht, welche er
ihm brachte, mit sichtbarer Ungeduld an, er war
nicht gewohnt, daß seine Wünsche in dieser Weise
gekreuzt wurden, und es reizte ihn nur noch mehr,
daß er den vollwichtigen Grund dazu anerkennen
mußte. „Freilich ist keine Zeit zu verliebten Wer=
bungen," rief er, „wenn der Vater vielleicht im
Sterben liegt! Der Marschall muß sich getrösten!
So haben wir denn hier auch nichts mehr zu schaf=
fen, Herr Schott, und die Frau will uns los sein,
je eher, je lieber?"

„Euer Gnaden werden nicht ungerecht gegen
meine Base werden," entgegnete Wolf. „Ich habe
sie selbst, wie ich schon gesagt, nicht sprechen kön=

nen, doch hat mir die Tochter versichert, daß es
ganz unmöglich sei, sie abzurufen."

„Welche?" fragte der Markgraf — und da
ihm Wolf, wenn auch ungern, Adelheid's Namen
nannte, bemerkte er nur zu deutlich die aufflam=
mende Glut im Auge seines Herrn.

„Sprechen möcht' ich doch wenigstens Eine!"
rief Albrecht. „Mein Bedauern aussprechen, mei=
nen Schutz verheißen, wenn das Unglück eintre=
ten sollte — bitte Deine Muhme um diese Gunst,
nur für einen Moment — dann reiten wir, Wolf,
und ich will Dir eine Gnade gewähren, fordere,
was Du willst!"

„Wenn Euer Gnaden befiehlt, werde ich mei=
ner Muhme die Botschaft bestellen," erwiederte
Wolf ernst. „Mein gnädiger Herr kann überzeugt
sein, daß meine Verwandten diese Huld dankbar
anerkennen, auch wenn sie ihnen nicht mündlich
ausgesprochen wird, da sie in der traurigen, von
Angst erfüllten Lage — Ihr werdet das fühlen —
wohl nicht fähig sind, sich Euch vorzustellen. —"

Der Markgraf that einen heißen, tiefen Athem=
zug, seine Stirn runzelte sich — Wolf konnte nur
einen heftigen Ausbruch seiner Leidenschaft erwar=
ten. Doch erfolgte dieser zu seiner Verwunderung
nicht; Albrecht mußte ihm wohl recht geben.

„Laß satteln — augenblicklich!" befahl er kurz
und rauh.

„Ich bitte Euer Gnaden um Erlaubniß, zurück-
bleiben zu dürfen — "

„Nimmermehr!" rief Albrecht leidenschaftlich
— doch sich schnell besinnend, fragte er: „Weshalb?"

„Meine Verwandten könnten eines männlichen
Rathes bedürfen, gnädiger Herr," erwiederte
Wolf. „Wenigstens den Ausspruch des Arztes
möchte ich gern abwarten, vielleicht würde unterdessen auch mein Oheim vom Kohlstein herüber-
kommen, wenn er erführe, wie es hier steht. Ich
folge Euer Gnaden alsbald, wenn Ihr mir die
Erlaubniß gebt, zurück zu bleiben; die Reise, auf
welcher ich Euch begleiten soll, ist ja noch nicht
so nah."

Der Markgraf besann sich einen Moment,
dann sprach er: „Mag's d'rum sein. Bringe denn
dem Guttenstein und Luchau meinen Befehl, daß
sie sich rüsten, bestelle meine Pferde, und dann
sage Deiner schönen Muhme, was ich Dir vorher
aufgetragen habe. Kann sie mir's gewähren —
so werde ich es für eine Huld ansehen, fällt es
ihr unmöglich, wie Du sagst, so muß ich's tragen. Du wirst doch aber kein falsches Spiel treiben, Wolf?"

„Ich bin ein Franke, gnädiger Herr, kein Spanier oder Wälscher!"

„Nun — so nimm diesen Ring! Ich hatte
ihn zum Brautring bestimmt, wenn meine Werbung geglückt wäre! Das soll heut nicht sein, —
so mag er die Schwester schmücken! Hörst Du,
Wolf, er gehört Adelheid, Deiner Muhme: Albrecht von Brandenburg sendet ihr ihn zum Andenken. — Der Frau Mutter" — fügte er hinzu,
Wolf's unverstellte Mißbilligung mit einem stolzen Blicke zurückweisend „sei für die Gastfreundschaft dieser zweite Ring geweiht, wie ich schon
auf der Plassenburg beschlossen habe, ich denke,
Du wirst zufrieden sein, und hier — dies Geld
vertheile unter das Schloßgesind." Er gab Wolf
keine Zeit zur Antwort, sondern befahl ihm, seinen Auftrag zu beschleunigen.

Es war aber nicht möglich, Adelheid wieder
zu sprechen, auch sie war jetzt zum Vater gerufen
worden, und Wolf war in großer Besorgniß deshalb — die Versicherung der Magd, die sie hatte
rufen müssen, daß Fräulein Agnes mit frohem
Gesicht aus der Krankenstube gekommen, konnte
ihn nicht beruhigen. Er hatte vorher schon die
ihm befohlenen Anstalten für die Abreise des
Markgrafen getroffen, und dieser, als ihm der

zweite Fehlschlag seines Wunsches gemeldet wurde,
brach nun so schnell auf, als es möglich war.
Daß er seinen eigentlichen Zweck verfehlt hatte,
kümmerte ihn wenig, da es den Anlaß geben
konnte, wieder zu kommen! Entscheiden mußte
sich ja die Krankheit des alten Balthasar auf eine
oder die andere Weise binnen Kurzem — war es
zum Guten, so konnte ihm vielleicht noch vor der
Reise nach Frankreich Glück gewünscht werden;
wo nicht, so mußte freilich Zeit vergehen, ehe der
Gram sich linderte, dann aber war vielleicht gerade
mehr Hoffnung für Albrecht.

„Wolf," sagte der Fürst, als er mit seinem
zurückbleibenden Diener noch einen Moment allein
sprach, „wenn Rabenstein's Lehn erledigt werden
sollte — die Bamberger Vettern des Alten er=
hielten es von mir um keinen Preis, mag auch
ihr Erbrecht vom Teufel verbrieft sein! Diese
starke und kostbare Feste, in allen Fehden mit
Nürnberg und den Bischöfen von unschätzbarem
Werthe, sollte ich in den Händen Bambergischge=
sinnter wissen, die sie an den Krummstab verrie=
then bei nächster Gelegenheit? Nimmermehr! Da
hab' ich treuere Diener, von denen ich Einem
wohl endlich damit lohnen könnte — dafern er

mir ferner gewärtig und nicht zuwider ist in dem,
was mir lieb und theuer!"

Er schied mit diesen Worten und ritt bald
darauf mit seinem Gefolge von Wolf zu Fuß bis
über die Brücke begleitet, aus dem Schlosse. Sein
feuriges Auge überflog alle Fenster, welche nach
dem Hofe führten, und blieb einen Moment an der
Mauerlücke des Thurmes hängen, wo er bei seinem
letzten Abschiede die Gruppe der Frauen erblickt,
welche auf ihn einen so holden Eindruck gemacht
hatte. Heut war der Thurm, wie alle Fenster,
öde und leer.

An der Brücke entließ der Markgraf den jungen Schott. „Bestelle Alles, was ich Dir aufgetragen habe, ehrlich, wie ich mich dessen zu Dir
versehe!" sagte er. „Und komm bald mit fröh-
licher Botschaft nach." Er sprengte mit den Seinigen in die morgenhelle Landschaft hinaus, und
Wolf kehrte in das Schloß zurück. Nicht weit
war der Fürst geritten, so begegnete ihm ein offenes Wäglein, das von Waischenfeld herauf kam.
Ein hagerer Mann mit einem schwarzen, falten-
reichen Barett und einem noch faltenreichern Gesichte saß darauf, das konnte wohl der Doctor
aus Bayreuth sein — und Markgraf Albrecht rief
ihn an. Er hatte sich nicht geirrt, der Arzt, wel-

cher ihn erkannte, grüßte ehrerbietig und mußte
die Ermahnung hören, seine Kunst an den alten
tapfern Herrn Balthasar, dessen Natur ihm ge=
wiß entgegen kommen würde, einmal recht glän=
zend zu zeigen.

„Du aber, fahre besser zu, Faulpelz," rief der
Markgraf den Knecht an. „Deine Frau wird
Dir's schlecht lohnen, wenn Du die Mähre schonst!"
Erschrocken schwang der arme Bursch die Peitsche,
und das reisige Häuslein sprengte vorüber, wäh=
rend das kleine Gefährt dem nahen Schlosse
zueilte.

In Bayreuth hielt sich Albrecht diesmal nur
so lange auf, als es die Pferde bedurften; dann
setzte er seinen scharfen Ritt nach der Plassenburg
fort, wo ihn Nachrichten verschiedener Art erwar=
teten. Die beste war jedenfalls, daß es dem ge=
schickten Kanzler Straß, obgleich die Finanz nicht
seines Amtes, gelungen war, die nöthigen Geld=
mittel zu beschaffen, wenigstens um den dringend=
sten Bedürfnissen des Augenblicks abzuhelfen, und
auch für den Aufwand der Reise, der ihm doch
eigentlich von den Bundesgenossen ersetzt werden
mußte, die Einleitungen so zu treffen, daß der Auf=
bruch in einigen Wochen geschehen konnte. —
Von dem Ersetzen wollte aber der Markgraf nichts

hören. „Ich bin dem Bunde nicht beigetreten,"
sagte er zu seinem vertrauten Kanzler, der in das
Geheimniß eingeweiht war; „ich habe mich frei=
willig zu der Unterhandlung mit dem Könige von
Frankreich verpflichtet, so sind mir die Bundes=
verwandten auch nichts schuldig. Sprecht mir
nicht von Feilschen und Schachern, Christoph —
ich bin kein Nürnberger!"

In dieser Weise pflegte er stets seinen Wider=
willen gegen die alte und mächtige Stadt, die von
Alters her im Streit mit ihren Burggrafen, den
Hohenzollern, gewesen war, Ausdruck zu geben,
und wehe ihr! wenn es einmal durch die That
geschehen konnte. Der Kanzler hatte oft schon
versucht, ihn billiger und gerechter zu stimmen, aber
vergebens, und wenn er ihn gar auf die Vortheile
aufmerksam machte, welche eine freundliche Ver=
bindung mit der reichen Stadt für ihn haben
könne, so reizte er nur seinen Zorn.

Eine andere Nachricht war vom Herzoge von
Mecklenburg. Dieser schrieb Albrecht, daß die
Sache mit Magdeburg richtig sei, wie er auch
schon dem Herzoge von Preußen gemeldet. „Sie
ergeben sich an Herzog Moritz, behalten ihre Re=
ligion, Freiheit, Festung und alle das Ihre, es
bleibt die Stadt und Festung in unserer Hand

und soll uns zu all' unserm Besten offen stehen.
So behält auch Herzog Moritz Reiter und Knechte
zusammen, bis die Post aus Frankreich kommt, da=
mit man dann ohne alles Hinderniß zum Anzug
kommen kann."

Ja, die Post aus Frankreich! Noch war sie
nicht einmal dahin abgegangen. Der Boden
brannte dem Markgrafen unter den Füßen, denn
das Wort: „Anzug" — welches die Eröffnung
des Krieges gegen den gemeinsamen Feind bedeu=
tete, wirkte auf ihn, wie der Klang der Heertrom=
pete auf ein feuriges Schlachtroß.

In dieser ungeduldigen Stimmung war ihm
ein drittes Schreiben lieb, welches ihm eine Ein=
ladung nach Thann an der Ulster brachte, den Ort
mit drei Schlössern, das rothe, gelbe und blaue
Schloß genannt, der dem Rheingrafen gehörte.
Eine Anspielung war in dem Briefe, welche Al=
brecht nicht anders, als auf den geächteten Bruder
des Rheingrafen, den tapfern Hans Philipp, deu=
ten konnte, und er beschloß der Einladung Folge
zu leisten, damit er nur nicht auf der Plassenburg
still sitzen und der Dinge warten mußte, welche
Andere für ihn ausrichteten. Er brach daher,
diesmal mit anderer Begleitung, auf die er sich
besser verlassen konnte, als auf die Herren von

Guttenstein und Luchau, schon den dritten Tag,
nachdem er die nöthigsten Vorträge gehört und
darüber entschieden hatte, wieder von der Plassen=
burg auf und ritt nach Thann. Nur der Wallen=
fels, der nächst Straß und Grumbach am meisten
sein Vertrauen in Staatshändeln besaß, war dies=
mal bei ihm — Heideck unterhandelte noch zwi=
schen Moritz von Sachsen und Hans von Küstrin,
sonst hätte er den gewiß auch mitgenommen, Wolf
Schott aber nicht, weil er dessen Bedenken kannte
und seine Vorstellungen ihm unbequem waren.
Auch die Dienerschaft, welche mit ausritt, war sehr
gering. Cunz, der Leibtrabant, der sich zu rech=
ter Zeit wieder eingefunden hatte, durfte dabei
nicht fehlen; schon ging ein Gerede unter der
Dienerschaft, daß der fremde Gesell, welchen der
Markgraf gar nicht mehr von sich ließ, „es dem
Herrn angethan habe," denn daß er mehr konnte,
als Brod essen, wie man sich bedeutungsvoll aus=
drückte, war zu gewiß. Er gab sich auch gar nicht
mit den Andern ab, sondern hatte ein recht hoch=
fahrendes Wesen, als ob er etwas ganz Apartes
sei, — und vor seinen schwarzen Augen konnte man
sich fürchten.

Auf dem rothen Schlosse zu Thann fand Al=
brecht wirklich den Bruder des Grundherrn, den

geächteten Rheingrafen Hans Philipp, welcher sich
heimlich daselbst aufhielt, wie denn mehrere dieser
Herren, ohne einen Verräther fürchten zu dürfen,
zwischen Deutschland und Frankreich gingen und
kamen. So Heideck, Reiffenberg und Andere, nur
Sebastian Schärtlin von Burtenbach hielt sich
bleibend im königlichen Dienste am französischen
Hofe auf, und betrieb dort die Interessen der
deutschen Fürsten, welche den Bund mit Frank=
reich gesucht hatten. Auch die schweizerische Eid=
genossenschaft, welche sich seit fünfzig Jahren nach
dem unseligen Reichskriege gegen dieselbe, von
Deutschland leider ganz losgesagt hatte, bot den
Geächteten gelegentlich eine willkommene Frei=
statt. Es war dem Markgrafen sehr wichtig, den
Mann auf dem Schlosse Thann zu finden, wel=
cher mit den Verhältnissen am Hofe Heinrich's des
Zweiten genau bekannt war, und ihm manchen
Aufschluß darüber geben konnte; Hans Philipp
versprach ihm auch, mit ihm bis durch Lothringen zu
reiten, damit er ohne Anstand nach Frankreich
hineinkomme unter seinem angenommenen Namen.
Dieser war der Sicherheit wegen, falls etwa eins
der bisherigen Schreiben der Verbündeten in un=
rechte Hände gefallen sein sollte, wiederum ver=
ändert worden: Albrecht sollte am französischen

Hofe unter dem Namen Paul von Bibrach als
ein gewesener Hauptmann des Kriegsobersten
Schärtlin auftreten. Wie er überhaupt dort auf-
zutreten habe, in Bezug auf die sich durch Ränke-
spiel aller Art bekämpfenden Partheien, darüber
gab ihm der Rheingraf manchen heilsamen Wink,
besonders auf die schöne und allmächtige Diana
von Poitiers, auf den alten Connetable Anne de
Montmorency und den Herzog Franz von Guise,
das Haupt der strengen Katholiken.

Albrecht schrieb noch denselben Abend an seinen
Freund Moritz von Sachsen, um ihm einige der
erhaltenen Andeutungen mitzutheilen und den
Rheingrafen Hans Philipp zu empfehlen, den er
rechtschaffen und aufrichtig erkannt habe, so daß
auch der Kurfürst einen Bruder in ihm finden
werde, der es mit der Sache gut meine. Dann
schrieb er in Bezug auf diese allgemeine Sache:
Er hoffe in Frankreich die ihm gewordenen Befehle der Bundesfürsten getreulich auszurichten,
nur möge der Kurfürst sich mit dem Könige, der
etwas wankelmüthig sei, in keinen besondern Vertrag einlassen, denn solches werde allgemeines
Mißtrauen bei seinen Verbündeten erwecken. Wenn
sich Magdeburg etwa vor seiner, Albrecht's, Rückkehr ergeben sollte, möge ja der Kurfürst den

Kriegshaufen nicht aus einander laufen lassen. Er
schloß mit den Worten: „Wer viel haben will, der
muß auch viel wagen. Ich bitte aber Euer Liebden
zum Höchsten, wollet die Sache nicht übereilen, und
nicht zu geringschätzig ansehen, denn Euer Lieb=
den ist mehr daran gelegen, denn uns Andern
allzumal, da die Krone umfallen sollte. Euer
Liebden soll treue Handlung bei mir finden, und
daß ich das Ja oder Nein bringen will, und
mich nicht auf Lauerei abfertigen lasse, da Euer
Liebden und uns Allen daran zu hoch und zu viel
gelegen ist".

Dies Schreiben fertigte er von Thann gleich
ab, und der Kurfürst erhielt es vor Magdeburg,
wohin er wieder gegangen war, um die Capitu-
lation zum Abschluß zu bringen, wie er denn bald
darauf, am 9. November, in Begleitung des kaiser=
lichen Commissars, Lazarus von Schwendi, seinen
Einzug in die geöffnete Stadt hielt. Markgraf
Albrecht aber verweilte nicht lange mehr bei dem
Rheingrafen, sondern kehrte nach der Plassenburg
zurück, wo ihn gleich bei der Ankunft die Nach=
richt traf: Herr Balthasar von Rabenstein sei
gestorben.

Neuntes Kapitel.

„Ihr sehet selbst, daß ich, wo der Vater im Sterben lag, mein Wort nicht anbringen konnte," sagte der Fürst zu dem Marschall von Streitberg, welchen er erst nach seiner Heimkehr von Thann zu Gesicht bekam. „Auch jetzt in der Trauerzeit ist nichts für Euch zu thun. Ihr müßt Euch in Geduld fassen, ich muß das auch." —

Herr Rochus konnte dagegen nichts sagen. Ihm war an der Verbindung im Ganzen nicht viel gelegen, weil Rabenstein als Mannlehn nach dem Tode Balthasar's doch in andere Hände kam und wahrscheinlich in solche, mit denen keine Vortheile zu gewinnen waren, indeß hatte sich die

Leidenschaft des Sohnes, den der dicke Herr zärt=
lich liebte, durch die Hindernisse, welche sie fand,
zu solcher Stärke entwickelt, daß er für ihn fürch=
tete, darum hatte er das Erbieten des Markgrafen
mit Freuden begrüßt. Dies war nun auch ver=
gebens gewesen, indessen schmeichelte sich jetzt
Rochus mit der Hoffnung, leichter zum Ziele zu
kommen, als wenn der alte Balthasar am Leben
geblieben wäre. Dieser würde unbedingt selbst
dem Markgrafen eine abschlägige Antwort gege=
ben haben; Frau Brigitte aber, wenn nur erst
die Trauerzeit vorüber war, verschloß sich gewiß
nicht der Betrachtung, daß es für ihre Tochter,
da sie doch nun arm sei, keine bessere Versor=
gung gebe, als eine Heirath mit dem künftigen
Besitzer von Streitberg. Ja, wenn der Markgraf
sich doch einmal der Sache annahm, großmüthig,
wie er war, konnte er nicht Fritz mit dem erledig=
ten Rabenstein belehnen? Daß er sein Recht als
oberster Lehnsherr unbekümmert um alle An=
sprüche oder Vergleiche üben werde, stand nach
früheren Vorgängen von ihm wohl zu erwarten.

„Mag Euer Fritz aber seiner Reiterpflicht über
dem Liebesgrame nicht vergessen!“ sagte der Mark=
graf. „Wenn ich meine Lehnsleute aufbieten
muß, wird er doch für Euch reiten, nicht wahr?

Ich muß streitbare, rüstige Vasallen haben, es sitzen nur zu viel alte, gebrechliche Leute auf meinen Lehnsgütern, selbst der Balthasar war nicht mehr fähig, den Harnisch anzulegen. Das muß anders werden!"

Aus diesen Worten schöpfte der Hofmarschall nur eine Bestätigung seiner Idee, es lag in ihnen eine nicht undeutliche Anspielung, die ihm die schönste Aussicht eröffnete. Wenn er freilich hätte hören können, was der Markgraf mit seinem Trabanten, dem Geier, sprach, als er den Marschall entlassen hatte, so würden sich jene Hoffnungen bedeutend abgekühlt haben. — „Komm her, Cunz! Du sollst eine scharfe Frage bestehen."

Cunz näherte sich mit einem stillen Lächeln, als ob er seiner Sache gewiß sei, daß es mit der scharfen Frage für ihn keine Gefahr habe, oder daß er jeder, auch der, welche die Justiz darunter zu verstehen pflegt, um Geständnisse zu erpressen, mit eiserner Standhaftigkeit Trotz bieten könne.

„Bist Du von Adel?" fuhr der Markgraf ohne allen Eingang heraus.

Der Trabant war sichtlich betroffen, doch nahm sein Gesicht einen stolzen Ausdruck an, und er sagte unbedenklich: „Ja!"

„Ja?" rief der Markgraf. „Hab' ich mir's

doch gedacht und der Wolf auch, daß Du ein
Verkappter seist — es fragt sich nur, wer die
übelste Meinung von Dir hatte; er hielt Dich
für einen Geächteten und ich gar für den Erz=
feind!"

Cunz lächelte wiederum. „Vielleicht habt Ihr
Beide recht, gnädiger Herr!" sagte er.

„Wie heißt Du aber? Nenne mir Deinen
wahren Namen!"

„Mein wahrer Name ist Conrad — Cunz,
wie die Leute sagen, es ist halt eins, mein Vater
wurde auch so genannt."

„Schon recht, aber ich will Deinen Geschlechts=
namen wissen!"

„Gnädiger Herr, den kann ich Euch nicht sa=
gen," erwiederte Conrad mit ruhigem und festem
Tone.

„Was erfrechst Du Dich!" rief der Markgraf.
„Willst Du mir in den Bart trotzen? Ich lasse
Dich in den Block werfen!"

„Das könnt Ihr, gnädiger Herr — Ihr könnt
mich auch durch die Spieße jagen oder, was schlim=
mer ist, peitschen lassen, aber doch kann ich dies=
mal Eurem Befehle nicht gehorchen, denn ich habe
einen Eid geleistet, der hindert mich daran."

Der Markgraf sah ihn, noch immer zornig,

mit einem finstern Blicke an. „Du bist ein guter, katholischer Christ, hat mir der Wolf gesagt. Zum Eidbruch will ich Dich nicht zwingen, obgleich ich Lust hätte, einmal zu erproben, wie fest Du Dich machen kannst gegen jeglichen Schaden. — Weißt Du aber, Trotzkopf," fuhr er schon besänftigter fort, daß Du Dir mit Deiner Weigerung den größten Schaden thust, mehr, als Dir der Profoß oder der Freimann zufügen könnte? Wärst Du Einer von Adel und schlügst Dein Visir auf, daß man Dich und Dein Wappen erkennen möchte, so wär's vielleicht einmal möglich, daß ich Dir ein erledigtes Lehn gäbe, wie jetzt Rabenstein — was meinst Du?"

Es konnte des Markgrafen Ernst nicht sein, durch die Ausführung eines so tollen Einfalls seiner Laune dem ganzen Adel seines Landes den Handschuh hinzuwerfen, das sah wohl auch Conrad ein, aber es machte doch auf ihn einen Eindruck, dessen er sich nicht zu erwehren vermochte. Sein Auge leuchtete auf, das Blut stieg in seine Wangen. Auf eine solche Weise nach langer Schmach und Erniedrigung wieder auf die Stelle, von der er gestürzt, erhoben zu werden — der Gedanke konnte ihn wohl einen Moment blenden. Aber er entschlug sich desselben bald.

„Gnädiger Herr, ich habe nichts um Euch verdient," sagte er.

„Noch nichts, willst Du sagen! Aber Du wirst es um mich verdienen, das weiß ich. Du bist mir in Deiner rauhen Manier lieber, als alle die Schranzen — sag' mir aber, hast Du denn Deinen Namen abgeschworen bis an Dein Ende?"

„Bis an mein Ende? Nein! Es wird eine Stunde kommen, wo ich Euch meinen Namen sagen kann, — wenn Ihr mich nicht früher fortjagt," setzte er hinzu, und der Markgraf lachte, wie ernsthaft er dabei aussah.

„Du bist ein alter Fuchs!" rief er. „Willst mich dadurch kirren, weil ich doch gar so neugierig bin, daß ich Dich bei mir behalte! Nun aber, wenn Du von Adel bist und ein ergrauter Kriegsmann, so werde ich Dir eine Fahne geben, oder Du sollst eines meiner besten Hauptleute Locotenent werden, bist Du selbst Hauptmann sein kannst. An Beute soll Dir's nicht fehlen."

„Laßt mich lieber bei Eurer Person, da ist mein Platz!" sagte Conrad.

„Nun wohl! Aber den Rock zieh' aus — bist Du von Adel, so nenne Dich, wie Du willst, oder bleibe Conrad Geier, aber als gemeinen Tra-

banten behalte ich Dich nicht. Du sollst mir mit
Deiner Kriegserfahrung nützlich sein."

„Wenn Euer Gnaden meines Rathes bedarf,
fragt nur!" erwiederte Conrad.

„Wohlan! Die Gelegenheit wird sich finden.
Verstehst Du Französisch?"

„Ja," war die Antwort.

„Wir werden es bald sprechen müssen. — Eins
aber sag' ich Dir, sei nicht so scharfkantig, wie
ein Morgenstern, besonders nicht gegen Leute, die
mir nahe stehen, wie Wolf Schott."

Conrad's Stirn verfinsterte sich. „Hat Ritter
Schott sich über mich beklagt?" fragte er.

„Im Gegentheil! Er hat Dich entschuldigt —
also sieh Dich vor. Du bist viel älter, könntest
sein Vater sein, aber Du hast doch nun einmal
den Spieß auf die Achsel genommen als gemeiner
Knecht, und wenn ich Dich nun der Liverey ent=
hebe, so darfst Du nicht übermüthig sein. Ich
könnte Dich sonst doch fortjagen, ehe ich Deinen
Namen erführe."

Conrad griff in sein Wamms an der Brust
und brachte ein ziemlich schmutziges, zusammenge=
rolltes Papier zum Vorschein. „Gnädiger Herr,
da ist ein Brief an Ritter Schott gefunden wor=

den. Ob er ihn verloren hat, weiß ich nicht.
Ich will ihn aber in Euer Gnaden Hände legen."

„Wie kommst Du dazu?" fragte der Markgraf
verwundert, indem er den Brief in Empfang nahm.

„Ich war mit Urlaub meines gnädigen Herrn
im Toos —"

„Ja, bei der schmucken Wirthin drei Tage und
hast sie weiter curirt — sie wird wohl zu ihrer
Zeit davon genesen —"

„Ich bin nur drei Stunden im Toos gewesen,
gnädiger Herr," versetzte Conrad mit einem Blick,
der an die Grenze des Geziemenden streifte. „Die
Wirthin ist eine ehrbare Frau."

„Auf Dein Zeugniß will ich's glauben! Nun?
Hast Du bei ihr den Zettel gefunden?"

„Sie hat ihn mir gegeben, ja. Ihr Knecht,
welcher vor Kurzem in einem Dorfe da herum,
Ober-Ailsfeld, ein Gewerbe gehabt, hat das Papier unterwegs unter einem Strauch, wo es ver-
steckt oder vom Winde hingeweht lag, gefunden.
Er hat es mit nach Hause genommen, wo die
Wirthin die Aufschrift gelesen hat. Sie kennt
den Ritter Schott auch und weiß, daß er in Euer
Gnaden Dienst steht, und da ich gerade dahin kam,
hat sie ihn mir zur Bestellung gegeben."

„Die hättest Du näher haben können. Der

Wolf ist noch auf Rabenstein. — Warum giebst
Du mir aber den Brief erst jetzt? Es ist schon
eine Weile her, daß Du zurück bist?"

„Ich hatte ihn vergessen," sagte Conrad.

„Du lügst! Und gelesen hast Du ihn auch!
Gesteh' es, Du hast ihn gelesen!" rief der Mark=
graf.

„Freilich habe ich ihn gelesen, wie ihn mein
gnädiger Herr auch lesen wird," antwortete der
Trabant. „Er hatte keine Aufschrift, und war
nur mit einem Faden gebunden, wie alle Briefe.
— Lest ihn, gnädiger Herr."

„Wenn er nicht an mich ist, Bösewicht?" rief
Albrecht lachend.

„Es geht Euer Gnaden doch vielleicht an,
was d'rin steht," erwiederte Conrad.

Der Markgraf besann sich nicht lange, sondern
rollte den Brief auf: „Hat er ihn verloren oder
weggeworfen?" sagte er. „Viel d'ran gelegen ist
ihm nicht, sonst würde er ihn besser bewahrt
haben."

In dem Briefe, von einer weiblichen, aber fe=
sten Hand geschrieben, standen nur wenige Zeilen.
Diese lauteten: „Ich kann nicht zurückkommen vor
Deiner Abreise. Du machst Dir wohl auch nichts
daraus, denn Du hast Dich dem Hause verschrie=

ben, auf welchem Deines Vaters Blut lastet. Ich
habe aber noch einen andern Sohn, den hab' ich
wieder, und muß ihn suchen — der wird vollbrin=
gen, was Deine Pflicht wäre, auf daß ich ruhig
sterben kann."

Der Markgraf blickte auf, und begegnete dem
Auge seines Leibwächters, welches fest auf ihm
ruhte. „So verwirrt und toll, wie nur ein Weib
schreiben kann!" rief er, das Blatt auf den Tisch
werfend. „Weißt Du, worauf sie zielt? Es ist
nämlich Wolf's Mutter, die den Brief geschrieben
hat."

„Ich konnte mir's denken," sagte der Trabant.

„Mein Vater hat ihr den Mann hinrichten
lassen, der auf der Streitburg als sein Amtmann
saß, und es im Wiesentthale und etwas weiter
hinab etwas arg trieb. Die Bischöfe und die
Nürnberger Krämer klagten wider ihn, der schwä=
bische Bund drohte mit Execution, da gab mein
Vater nach, und der alte Schott mußte sterben.
Ich hätt's nicht gethan, und wenn ich Dich als
meinen Amtmann auf Rabenstein bis zur weitern
Belehnung eingesetzt hätte, würde ich nicht allzu
sehr schelten, wenn Du rechts und links ein we=
nig den Nachbarn in's Maul griffest. Männer,
von Eisen, wie den Cunz Schott, könnte ich brau=

chen in dieser Zeit, wo es auf den Rittersitzen nur allzu viel Seidenhasen giebt."

„Euer Gnaden haben recht!" versetzte Conrad.

„Nun, Geier, Du willst ja nicht anders hei=ßen! — den Brief werde ich dem Wolf geben, sobald er kommt. Er wird ja den Alten endlich begraben haben, und was schafft er weiter dort? Mit dem, was ich Dir gesagt hab', ist es in Rich=tigkeit. Du willst um meine Person bleiben, und schlägst zum zweiten Male aus, was ich Besseres mit Dir im Sinn hatte — mag's denn geschehen, aber Du sollst Dich den Junker von Geier nennen, und mir frei dienen, nicht mehr im Rock eines Trabanten. Ich werde es dem Hauptmann er=klären."

Conrad trat ab. Die Aeußerungen des Mark=grafen über seinen Vater hatten auf ihn einen tiefen Eindruck gemacht; es schien, als werde der Entschluß, der ihn in Albrecht's Dienste geführt, dadurch erschüttert, und er rang den ganzen Tag mit seinen Zweifeln. Endlich aber blieb er doch fest. „Worte sind wohlfeil!" sprach er vor sich hin. „Mag sein, daß er nicht so streng d'rein sehen würde, aber bei ihm wäre, wenn's d'rauf ankäm', wohl noch weniger Gnade zu finden, als bei seinem Vater. Ich will dabei stehen bleiben."

Zwei Tage später kehrte endlich Wolf Schott
von Rabenstein zurück. Er hatte den Urlaub,
der ihm bewilligt worden war, ohne alles Beden=
ken ausgedehnt, da seine Gegenwart, auch nachdem
der Entschlafene mit allen Ehren zur letzten Ruhe=
stätte beigesetzt worden, den Verwandten in ihrer
tiefen Trauer ein Trost war. Mit den Bildern
ihres Grames erfüllt, die er täglich vor Augen
gesehen hatte, war ihm der Empfang, den er auf
der Plassenburg bei seinem Herrn fand, überaus
verletzend. Nicht, daß ihm der Markgraf Vor=
würfe über sein eigenmächtiges Ausbleiben gemacht
hätte, diese hatte er verdient und zu hören er=
wartet, sie wären ihm eher zu ertragen gewesen,
als die herzlose Weise, mit welcher Albrecht, der
kein Familienleben kannte und ehrte, von dem
Trauerfall sprach, welcher dort das innigste Glück
vernichtet und die Seelenruhe der Hinterlassenen
auf lange Zeit gestört hatte; es waren noch mehr
die Hoffnungen, in welchen sich Albrecht's flammende
Leidenschaft, die er nie zu bekämpfen gelernt, un=
verhüllt aussprach, die den lautern Sinn Wolf's
empörten. Auf die Gefahr hin, welche der Mark=
graf ihm schon einmal drohend vorgehalten, sprach
er ihm seine ernste Mißbilligung aus — und Al=

brecht biß sich in die Lippe, ohne etwas darauf
zu erwiedern.

Erst bei einer spätern Gelegenheit fragte er
Wolf: ob er an Adelheid seinen Auftrag ausge-
richtet und ihr den Ring übergeben habe? Wolf
bejahte es, mit dem Zusatze, daß er es noch an
demselben Morgen gethan, als der Markgraf ab-
geritten, indem die Gefahr für den Vater damals
vom Arzte noch nicht erkannt, durch seinen Ausspruch vielmehr die Angehörigen mit neuer Hoffnung erfüllt worden, so daß er diesen Augenblick
habe wahrnehmen können, die fürstlichen Geschenke
sowohl Frau Brigitten, als ihrer Tochter zu über-
reichen.

„Und was ich ihr sagen ließ, hast Du wörtlich und ehrlich bestellt?"

„Ich habe es gethan, im Beisein der Mutter
und der Schwester, gnädiger Herr."

„Rufst sie als Zeugen Deiner Ehrlichkeit auf,
nicht wahr?" rief Albrecht unmuthig. „Viel lieber wär' es mir gewesen, sie hätte es allein von
Dir in Empfang genommen, und Du sagtest mir,
was sie darüber geäußert. Sei still — vom bloßen Danke will ich nichts hören! — Wolf, ich
muß sie noch einmal sehen, ehe ich nach Frankreich gehe! —"

„Nach Frankreich —?" wiederholte Wolf betroffen.

„Ja, nach Frankreich! Du hörst es — ich sage Dir's früh oder spät, gleichviel! Davon rede ich aber nicht — ich muß Deine Muhme wiedersehen, sie hat mir das Herz in der Brust gefangen genommen und verwandelt — glaube nicht, Wolf, daß ich unehrliche Absichten hege, aber es läßt mir keine Ruh, es siedet in mir, wie Feuer — ich muß sie sehen, und wenn ich die Feste mit stürmender Hand nehmen sollte!"

„Gnädiger Herr, bedenkt, wie dort Alles steht! Ehret die Trauer um den Gemahl und Vater! Was könnte es Euch helfen, Alle dort in Gram und Thränen zu sehen!"

„Das weißt Du nicht, das verstehst Du nicht, Dein kaltes Blut hat sich nie für eine Frau erwärmt!" rief Albrecht heftig.

„Aber, wenn Ihr in Ehren meiner Verwandten gedenkt, was könnt Ihr auf Rabenstein wollen?"

„Ich habe Dich nicht zu meinem Beichtiger bestellt!" rief Albrecht. „Ich werde thun und lassen, was mir beliebt!" Damit brach er ab, und Wolf mußte mit einer schweren Last auf dem Herzen sich entfernen. Da rief ihn der Markgraf noch einmal zurück und sagte: „Haft Du einen Brief verloren?"

Wolf verneinte es, da ihm aber gleich die Frage seiner Mutter einfiel, erklärte er dem Für=sten, daß allerdings ein Brief, der an ihn gerich=tet gewesen, durch den Boten, der ihn habe über=bringen sollen, verloren worden sei — worauf Al=brecht aus seinen Papieren die kleine Rolle her=vorsuchte und ihm übergab.

„Ich hatte es ganz vergessen — hier ist der Brief," sagte er so freundlich, als sei nichts zwischen ihnen vorgefallen, das seine Gnade ge=gen Wolf schwächen konnte.

Wolf. rollte das Blatt verwundert auf, sah die Handschrift seiner Mutter und fragte, wie es in die Hände seines Herrn gekommen sei. „Was auf Oberfrankens Boden gefunden wird, gehört mir! Lies nur!"

Wolf's Auge überflog rasch den Inhalt und in seinen Zügen malte sich dessen Wirkung. Jetzt war ihm erst die dunkle Rede und die schmerzliche Bewegung seiner Mutter klar —

„Was sagst Du?" fragte der Markgraf. „Willst Du Dich mit Deinem Bruder verbinden, und das Blut rächen, das auf meinem Hause lastet?"

„Gnädiger Herr, Ihr wißt, wie ich sehe, was der Brief enthält! Meine Mutter hat nur dunkel mit mir davon gesprochen, ich weiß nicht mehr, als Ihr! Meinen Bruder habe ich nie gekannt, nicht gewußt, ob er noch lebt — danach scheint er heimgekehrt zu sein — aber Alles ist so unklar, ich verstehe es nicht."

„Wollen wir nun nach Rabenstein reiten?" fragte der Markgraf.

Da faßte sich Wolf schnell und erwiederte: „Was mich betrifft, so muß ich mich in den Willen meiner Mutter fügen. Hätte sie offen mit mir reden wollen, so würde sie es gethan haben, als ich bei ihr war; sie hat mir aber nur gesagt, es schade nichts, und sei recht gut, daß ich ihren Brief nicht bekommen, sie habe sich nicht recht überlegt, was sie geschrieben und wünsche, daß er von einem Falken zu Neste getragen sei."

„Wenn auch nicht von einem Edelfalken, so doch von einem Geier", sagte Albrecht. „Mir hat ihn der Cunz gebracht, der ihn von der hübschen Wirthin am Toos bekommen: wer ihn gefunden, hab' ich vergessen. Du willst also von Deinem Bruder nichts wissen, willst mich allein reiten lassen?"

„Gnädiger Herr, Ihr werdet bei ruhigem Blute —"

„Ruhiges Blut? Mir von ruhigem Blute sprechen! Doch ich will mit Dir nicht mehr davon reden — treff' ich Dich aber, daß Du meine Wege kreuzest, den Getreuen spielst und hinter meinem Rücken mir feindlich bist, so bist Du verloren! Der Cunz ist ein anderer Mann, wie Du. Auf den kann ich bauen im Guten wie im Bösen. Er soll auch bei mir bleiben — weißt Du, daß er wirklich von Adel ist, wie Du schon gemeint hast?"

Wolf Schott, zufrieden, daß sein Herr auf einen andern Gegenstand kam, fragte nach dem Namen.

„Er will ihn nicht nennen — mag er denn der Junker von Geier heißen, wie die Kriegsleute ihn getauft. Vielleicht bringt er den Namen wieder zu Ehren, der bei dem fränkischen Adel, seit Florian Geyr, dem abtrünnigen Ritter, der sich zu den Bauern geschlagen, im schlechten Gedächtniß ist. — Wenn er nun Dein Bruder wäre, was meinst Du, Wolf?"

Der plötzliche Einfall berührte Wolf nicht angenehm. „Euer Gnaden treibt Spott mit uns Beiden," sagte er.

„Könnt's nicht sein? Er will seinen Namen nicht nennen, warum nicht? Ich werde ihn gleich rufen lassen."

„Erspart mir die Demüthigung," bat Wolf. „Ich sehe, gnädiger Herr, daß Euch meine Dienste nicht mehr so lieb sind, wie sonst — entlaßt mich denn, aber übt Euren Unwillen nicht an mir."

„Lieb, wie sonst, Wolf, wenn Du nicht predigst!" rief der Markgraf und reichte ihm die Hand, welche Wolf küßte. „Kann es denn nicht sein, daß der Cunz Dein Bruder wäre, der sich nur schämt, sich zu nennen?"

„Nein, gnädiger Herr. Mein Bruder heißt zwar auch Conrad, aber er ist erst drei und vierzig Jahre alt, wenn er noch lebt, wie meine Mutter hier schreibt, der Geier ist wenigstens so viele fünfzig. Auch, da er doch wüßte, daß ich sein Bruder bin, wär' er nimmer brüderlich gegen mich in seinem Thun und Wesen, eher möcht' ich sagen, daß er um irgend einer Ursach' willen einen Groll auf mich hat. Zieht Euer Gnaden ihn vor zu Eurem nächsten Dienst, so will ich ihm weichen. Denn ich, mein gnädiger Herr," setzte er mit erhöhter Stimme hinzu, „kann Euch nur im Guten dienen!"

„So! Hast also wohl auch Deines Gewissens

Bedenken, mit mir nach Frankreich zu reiten?"
fragte der Fürst von Neuem gereizt.

„In Waffen, hinter Markgraf Albrecht, der
an der Spitze eines Heerhaufens zieht, mit Freuden! Gott verhüte, daß es wahr sei, was mein
Oheim Balthasar in seiner Sterbestunde gesagt
hat!"

„Und was war das? Ich will es wissen!"
rief Albrecht. „Sprich!"

„Deutsche Fürsten wollen ihr Vaterland ver-
kaufen und verrathen," sagte Wolf Schott
furchtlos.

Der Markgraf fuhr heftig auf, er verfärbte
sich, aber sein Auge sprühte Flammen. — „Du
magst es!" rief er, und seine Hand zuckte nach
dem Dolche, welchen er am Gürtel trug.

„Eure Gnaden befahlen mir zu sprechen!"

„Und Du denkst, wie Dein sterbender Ohm?"
rief der Markgraf von seiner Hitze bis über alle
Schranken der Vorsicht hingerissen. „Du nennst
es auch Verrath, wenn wir uns der Zwingherr-
schaft mit Hülfe eines starken Verbündeten erwehren wollen, Verkauf, wenn wir ihm ein Paar
elende Schollen abtreten, wo nicht einmal Deutsch
gesprochen wird? Ich habe es nun ausgesprochen,

was ich Dir erst draußen sagen wollte — rede
mir nichts dagegen, ich dulde es nicht!"

Da warf sich ihm Wolf, von der unerwarteten
Kunde tödtlich erschrocken, zu Füßen und beschwor
ihn, daß er seine Fürstenehre nicht auf diese Weise
beflecken möge, er ließ sich durch den aufbrausen=
den Zorn des Markgrafen nicht abhalten, ihm in
brennenden Farben die Schmach auszumalen, welche
durch einen solchen Schritt über ganz Deutschland
falle, wie das Band des Reiches zerrissen, dem
Feinde der Weg gezeigt werde, auf welchem er
seinen Raub Stück für Stück vergrößern könne,
und daß einst der Fluch des deutschen Volkes das
Gedächtniß der Fürsten treffen werde, welche den
ersten Strich deutschen Bodens dem Fremden über=
lassen, ohne ein Recht dazu zu haben — welches
Recht über deutsche Städte, die dem Reich, nicht
ihnen gehörten! Der Markgraf müßte sich ver=
gebens, den Aufgeregten zu unterbrechen, seine
Rede floß wie ein brausender Strom, den nichts
aufhalten kann, aus seinem echten deutschen Her=
zen, Thränen füllten sein Auge.

„Bedenkt, gnädiger Herr," rief er, „bedenkt
auch unsern Glauben! Wie werden die Feinde
desselben, welche in ihm nur Aufruhr und Abfall
sehen, alle Schuld der That auf den protestan=

tischen Glauben werfen, dem sie schon den Bau=
ernkrieg, die Wehrlosigkeit gegen die Türken und
jeden Reichsfeind, den schmalkaldischen Krieg und
alles Unglück Deutschlands aufgebürdet haben.
Protestantische Fürsten, wird es heißen, haben die
geheiligte Majestät des Kaisers, haben die deutsche
Nation verrathen! O bedenkt, bedenkt das Heil
Eurer Seele!"

Da stampfte der Markgraf, aller Fassung be=
raubt, wild mit dem Fuße: „Hinweg mit Dir,
Du Sohn eines Räubers und Mörders!" rief er,
und als der Hauptmann der Trabanten, der schon
lange den heftigen Auftritt vernommen, herein=
stürzte, befahl ihm Albrecht mit donnernder Stimme:
„Wirf diesen Mann in den Thurm! Ich habe
nichts mehr mit ihm zu schaffen! Er soll mein
Land verlassen bei Strafe des Leibes und Le=
bens!"

Bestürzt sah der Hauptmann auf seinen Herrn,
dieser winkte aber mit heftiger Geberde, und Wolf
Schott folgte lautlos dem Vollstrecker des fürst=
lichen Befehls.

Ende des zweiten Bandes.

Im Verlage von **Hermann Costenoble** in Leipzig erschienen ferner:

Brachvogel, A. E., Benoni. Ein Roman. 3 Bände. 8. broch. 4 Thlr. 27 Ngr.

Brachvogel, A. E., Narciß. Ein Trauerspiel. Miniatur-Ausgabe. 2. Auflage. broch. 24 Ngr.
Prachtvoll geb. mit Goldschn. 1 Thlr. 2 Ngr.

Brachvogel, A. E., Adelbert vom Babanberge. Ein Trauerspiel. Min.-Ausgabe. broch. 24 Ngr.
Prachtvoll geb. mit Goldschnitt 1 Thlr. 2 Ngr.

Brachvogel, A. E., Der Usurpator. Ein dramatisches Gedicht. Min.-Ausg. broch. 27 Ngr.
Prachtvoll geb. mit Goldschnitt 1 Thlr. 5 Ngr.

Böttger, Adolf, Habana. Lyrisch-epische Dichtung. Zweite Auflage. Min.-Ausgabe. broch. 1½ Thlr.
Prachtvoll geb. mit Goldschn. 1 Thlr. 16 Ngr.

Burow, Julie (Frau Pfannenschmidt). Des Kindes Wartung und Pflege und die Erziehung der Töchter in Haus und Schule. Ein Handbuch für Mütter und Erzieher. (Das Buch der Erziehung in Haus und Schule. Erste Abtheilung.) 8. broch. 27 Ngr.

Körner, Friedrich, Professor an der höhern Handelsakademie in Pesth. Die Erziehung der Knaben in Haus und Schule. Ein Handbuch für Eltern und Erzieher. (Das Buch der Erziehung in Haus und Schule. Zweite Abtheilung.) 8. broch. 27 Ngr.

Burow, Julie (Frau Pfannenschmidt). Aus dem Frauenleben. Zweite Auflage der Novellen. 8. 2 Bde. broch. 2½ Thlr.

Ernesti, Louise, Geld und Talent. Roman. 3 Bde. 8. broch. 4 Thlr.

Gerstäcker, Friedrich, Das alte Haus. Erzählung. 8. broch. 1½ Thlr.

Gerstäcker, Friedrich, Nach Amerika! Ein Volksbuch. Illustrirt von Theod. Hosemann und Karl Reinhardt. 8. 6 Bände. broch. 6 Thlr. 12 Ngr.

Gerstäcker, Friedrich, Die Regulatoren in Arkansas. Aus dem Waldleben Amerika's. Erste Abtheilung. 3 Bde. Stereot.-Ausgabe. 8. broch. 1½ Thlr.

Gerstäcker, Friedrich, Die Flußpiraten des Mississippi. Aus dem Waldleben Amerika's. Zweite Abtheilung. 3 Bde. Stereot.-Ausgabe. 8. broch. 1½ Thlr.

Gerstäcker, Friedrich, Die beiden Sträflinge. Australischer Roman. 8. 3 Bde. broch. 3½ Thlr.

Gerstäcker, Friedrich, Tahiti. Roman aus der Südsee. Zweite Auflage. 8. 4 Bde. broch. 6 Thlr.

Gerstäcker, Friedrich, Gold! Ein Californisches Lebensbild aus dem Jahre 1849. 3 Bde. 8. broch. 4 Thlr.

Gerstäcker, Friedrich, Unter dem Aequator. Javanisches Sittenbild. 3 Bde. 8. broch. 4½ Thlr.

Gerstäcker, Friedrich, Der kleine Goldgräber in Californien. Eine Erzählung für die Jugend. Mit 6 colorirten Bildern. 8. In Buntdruck-Umschlag gebunden. 1½ Thlr.

Gerstäcker, Friedrich, Der kleine Wallfischfänger. Erzählung für die Jugend. Mit einem Titelkupfer. 8. In Buntdruck-Umschlag gebunden. 1¼ Thlr.

Gerstäcker, Friedrich, Der erste Christbaum. Ein Märchen mit 6 colorirten Bildern. In Buntdruck-Umschlag gebunden. 1 Thlr.

Guseck, Bernd v., Girandola. Novellen. 8. 4 Bände. Zweite Auflage. broch. 3 Thlr.

Guseck, Bernd v., Die Hand des Fremden. Historischer Roman. 8. 2 Bde. broch. 2¼ Thlr.

Leipzig, Druck von A. Edelmann.